小学館文庫

ほどなく、お別れです

長月天音

小学館

目次

プロローグ 7
第一話　見送りの場所 8
第二話　降誕祭のプレゼント 77
第三話　紫陽花の季節 173
エピローグ 255
解説　吉田大助 277

ほどなく、お別れです

プロローグ

姉が美鳥、私が美空。

名前を付けてくれた母親のセンスは悪くない。

ふたつを並べて呟いてみる時、もしくは書いてみる時、私の頭の中にはどこまでも高く青く晴れ渡った広い空を、真っ白な鳥が羽ばたいている姿が思い浮かぶ。

白鳥のような鳥ではない。小さな、かわいらしい鳥だ。たぶん、悠々と、というよりは、懸命に羽ばたいていて、それでも気持ちよさそうに風に乗っている。そんな清々しいイメージが心に広がる。

けれど、姉と私が出会うことはなかった。

姉は私に出会う前に、飛び立ってしまったのだ。

第一話　見送りの場所

今や世界中から観光客が集まる、東京スカイツリーのすぐ近くに葬儀場があることを知る人はどれくらいいるだろう。

スカイツリーの展望デッキから太平洋方面、少しばかり千葉寄りをそのまま真下に見おろせば、地上四階建てのそれなりに大きな建物が、レゴブロックの一片のようにつつましく埋もれている。私のアルバイト先、坂東（ばんどう）会館である。

私、清水（しみず）美空は、葬儀場でホールスタッフのバイトをしている大学生だ。

就職活動のための半年の休職期間を経て、坂東会館へと向かっていた。

秋の空は高く晴れ渡り、見上げるとスカイツリーのてっぺんには、縫い留められたように薄い鰯雲（いわしぐも）が張り付いていた。真っ青な空を一筋の白い尾を引いて飛行機が横切っていく。

　暑くも寒くもない、穏やかな午後だ。

　押上の駅を出ると、観光客の喧騒に背を向けるようにして道路を渡った。ゆるやかな坂を下り、しばらく歩けば半年ぶりの坂東会館だ。どこかほっとするような懐かしさがこみ上げてきた。

　四年生の秋ともなれば、時折卒業論文のためにゼミに顔を出す以外は学校へ行くこともほとんどない。ただしこの時期、就職の決まっていない者はただひたすら孤独な戦いを強いられる。その中のひとりが私だった。

　面接のために都心を訪れるついでに、千代田区に位置する大学の就職課に顔を出せば、以前は同じようなスーツ姿の学生を多く見かけたものの、今や早めに情報収集に訪れた三年生のほうが多くなっていて肩身が狭い。顔なじみになった職員に相談しても、最近は私以上の必死さを感じてしまう。先週は志望する不動産業界の会社をふたつ受けてきたところで、これが不採用ならばもう後がなかった。

　日々、焦燥感に駆られている中で携帯が鳴ったのは昨日の昼時だった。

　受けた会社からの合否の連絡かと、慌てて通話ボタンをタップした。その後で電話の相手が誰だか確認するのを忘れたことに気がついた。

『清水さんのお電話でよろしいでしょうか』

はいと応えながら、どこかで聞いたことのある声だと思っていた。

『坂東会館の赤坂と申します』

バイト先で特に親しくしている社員、赤坂陽子さんだった。

「陽子さん、どうしたんですか」

『美空、久しぶり。半年も音沙汰がないから、どうしてるかなと思って』

私が陽子さんだと認めたとたん、親しげな口調に変わった。

「ごめんなさい。色々と忙しかったんです」

『そろそろバイトに来ない？　明日なんてどうかな。お通夜からでいいよ』

それが何を意味するのかは、今までの経験でよく分かっていた。

とにかく、今すぐ人手が欲しいということ。

人のご不幸というのは予測できるものではなく、重なる時は重なるものだ。

坂東会館は、二階と三階の式場のほか、四階の座敷も合わせると一度に三つの式を行うことができる。その他にも、お寺やご自宅などの外現場もある。それらが重なった時は、在籍する全スタッフをかき集めても手が足りない場合があるのだった。

半年も休んでいる私にまで電話をしてきたということは、そういうことなのだろう。

これまでの経験で、スタッフ不足の式がどれほど大変かを知っているため、断ることができずに了承した。久しぶりに陽子さんの声を聞いて浮かれたせいもある。

大学の友人とはしばらく会っておらず、面接会場で会う学生たちは、いつしか油断のならない敵と認識するようになっていた。あまりにも不採用の通知をもらい続けたせいだ。

心の許せる相手に必要とされることが、今の私には何よりも嬉しい。半年ぶりの仕事がたとえどんなに忙しいものになろうとも、自分の居場所があるだけで救われる気がした。

道路に面した正面玄関横の植え込みには、当日に予定される式を示す案内板が立てられているが、まだ空白のままだった。

全面ガラス張りの正面玄関を通り過ぎ、駐車場側の自動ドアから館内に入った。出棺の時に使う入り口だが、事務所に近いため、スタッフはほぼ全員がこちらを使っている。

ひんやりとした空気と、建物に染みついた抹香の香りが私を包んだ。沈香(じんこう)と白檀(びゃくだん)が程よくブレンドされた大好きな香りだ。

忙しさを覚悟していたのに、予想外に静まり返った館内を不思議に思いながら、事務所のドアを開けた。こちらも人影がなく、ひっそりとしている。

はりきって来た気勢をそがれ、おずおずと中を覗(のぞ)いた。

「美空、待っていたよ！」

明るい声が響いた。カーテンで遮られた備品置き場から顔を出したのは、昨日の電話の相手、いくつか年上の赤坂陽子さんだ。駆け寄ると、いきなり抱き付いてきた。

事務所には彼女しかいなかったが、ひとりでも熱烈に歓迎してくれるのならば、それなりに嬉しいものだった。

「お久しぶりです。陽子さん」

ぎゅうと締め付けられて、戸惑いと気恥ずかしさに苦笑しながら挨拶をすると、そのままの体勢で私を見上げた彼女は、嬉しそうに言った。

「バイトに復帰できるってことは、就職決まったの？」

私は曖昧に笑って言葉を濁した。

「それより、やけに静かですね。私を呼び出すくらいですから、今日は忙しいんですよね」

いつもならば、事務所には当日の式の担当者以外にも、黒いスーツの男たちが数人は待機しているはずだった。そうでなくても、通夜の始まる前は人の出入りが激しい。

「みんな外現場に行っちゃっているの。ピンチの時に来てくれるなんて、さすが美空ね」

いつまでも抱き付いていたのは、決して逃がすまいという気持ちの表れだったようだ。

そもそも、ここでバイトをすることになったのも「人手不足」が原因だった。

私の父の高校の同級生が坂東会館の社長であり、今でも親しい釣り仲間なのだ。

まだ大学一年生の時だった。早朝から房総のほうへ釣りに行っていた父が、帰ってくるなり葬儀場のバイトに興味があるかと訊いた。

坂東社長と並んで釣り糸を垂れながら、葬儀場は募集をしてもなかなか人が集まらず、いざという時にスタッフが足りなくなり、頭を痛めているという話を延々と聞かされたそうだ。

大学に入学して半年以上経ち、そろそろバイトでもしようかと思い始めた時だった。

実家から通学している私は、親元を離れてひとり暮らしをする友人たちに比べて、のんびりとしたものだったのだ。

葬儀場と言われても、どのような仕事をするのか全く想像できなかった。母方の祖父母や、同居していた父方の祖父が亡くなったのは、もの心つく以前の出来事で、葬儀自体の経験がない。

「黙って立っていればいいんじゃないのか」

具体的な仕事内容は全く聞いてこなかったようで、無責任なことを父が言った。

つい先日、同じ町内のご老人のお通夜に参列してきた母が苦笑して付け足した。

「お通夜の後にお料理をいただくでしょう、そのお世話もするんじゃないの？」

「ちゃんとした場所だもの、礼儀作法も身に付くんじゃない？　何よりも普段やらないようなことができるのは、いい経験になるよ」

意外なことに祖母が乗り気だった。いつの間にか家族会議のようになっているのは、我が家の見慣れた光景だ。

「そうよね、今の葬儀場は明るくてきれいだし、坂東さんのところなら心配ないわねぇ」

「でも、怖くないのかな。だって、死体がそばにあるんだよね」

今では〝ご遺体〟という言葉を使う私も、当時はこのようなものだった。

「周りに人がいっぱいいるんだから大丈夫だろう」と、また父が無責任なことを言い、思い出したように付け足した。「大学生のバイトも何人かいるそうだ。女性中心っていうのも親としては安心だな。それに、時給が千三百円だぞ。学生は通夜だけ出て、サクッと稼げるって坂東が言っていた」

最後の情報が何よりも一番重要だった。

「千三百円？」

私は大声で訊き返していた。それが学生にとって高額の部類であることはすぐに分かった。忙しいチェーン居酒屋の深夜時給並みだ。

どちらかというと地味でどんくさい自分が、夜中まで騒々しい場所で働けるとは思わなかったし、スカイツリーの商業ビルにある、お洒落なお店も向かない気がしていた。つまり、勇気が出なかったのだ。通学も片道三十分というコンパクトな世界が私の全てだった。

たとえ葬儀場でも、父の友人のところがいい。家からも遠くないし、千三百円という時給が何よりも魅力的だった。

しかし、甘い考えはいとも簡単に覆されることとなる。

黙って立っていればいいなんて、とんでもない話だった。通夜の後のお清め会場は、まさに戦場だったのだ。

折しも季節は真冬、葬儀場が一年で最も忙しい時期だった。毎晩、二、三、四階全ての式場が埋まっているという状態で、何もかも分からない初日から、どれだけ働かされるんだろうと泣きたくなった覚えがある。

形ばかり、わずかな料理を口にして帰った会葬者用のスペースをすぐにかたづけ、新しいグラスや皿をセットし、焼香を終えた新たな方をご案内する。ビールが足りないと言われては冷蔵庫まで走り、立食の一般会葬者が帰った後は、テーブルをきれいにしてから料理や取り皿を並べ直し、喪主や親族のための食事の席を整える。息つく間もなく、分からないことがあっても質問する暇さえない。

忙しさに揉まれるうち、毎回同じようでいて、規模も宗派も違うそれぞれの式が面白いと思うようになり、結局ずっと続けている。陽子さんという後輩思いの先輩に出会えたことも大きく、いつの間にか坂東会館は、私にとって居心地のいい場所になってしまっていた。

陽子さんは、制服に着替えた私を引っ張って階段を上った。二階の式場は、坂東会館の中でも一番広いメインの式場である。

「私と一緒にここをお願いね。そう大きな式ではないけど、今日はとにかくみんな出払っていて人がいないの」

「どこに行ったんですか？」

「今夜は浅草のお寺で大きなお通夜があって、葬祭部の担当者も、生花部の人たちも、みんな準備に取られちゃった。こっちは少数精鋭で乗り越えるしかない」

半年ぶりに仕事復帰した私まで、少数精鋭のひとりに入っているのかと、頼りにされて嬉しいような、うんざりするような複雑な気持ちになり、「相変わらず、いつも人手不足ですね」とため息が出た。

気を取り直して顔を上げ、広々とした式場を眺めて愕然とした。陽子さんの言葉通りの惨状だったのだ。

祭壇だけは整えられていたが、開式の二時間前だというのに台車に載せられた椅子や、パーテーションで区切られたお清め会場用の折り畳み式の机などが、倉庫から出されたままの状態で置かれていた。早い親族ならそろそろ到着してもおかしくない時間だ。

「さて、美空。さっさと椅子を並べちゃおう」

陽子さんが腕まくりをすると、いそいそと横に来て声をひそめた。

「おまけにね、急に四階でもお通夜が入ったの。よりによってこんな日にね」

「急に？」

「昨日の夜だよ。密葬で、とにかく早くやりたいって。きっと何かあるよね」

「そのあたり、情報通の陽子さんでも？」

　目いっぱい椅子を積んだ台車は、陽子さんとふたりで押さないとなかなか動いてくれなかった。

「四階の担当、あの人だから。ガードが堅いのよね」

「あの人？」

　椅子の陰に隠れるように、陽子さんがそっと顎をしゃくる階段のほうを見た。

　初めて見る、まだ若そうな男が階段を駆け下りてくるところだった。すらりとした黒いスーツ姿だ。よほど急いでいるのか、あっという間に視界から消えてしまった。

「誰ですか」

「漆原(うるしばら)さん。美空は初めてだっけ？」

　坂東会館はそれなりに大きな葬儀社で、何人もの葬祭ディレクターを抱えている。時にはよその葬儀社に式場を貸す場合もある。知らない担当者がいても不思議はない。

「漆原さんが担当で、急に決まった式っていうのは、間違いなく事故とか、事件がらみだよ。ご遺体の状態が悪いっていう場合もあるけど」

　陽子さんが不穏なことを言う。

「そういう式に、専門の方がいるんですか」

「専門っていうわけではないけど……」

陽子さんは少し考えてから、「やっぱり専門みたいなものかな」と言った。

「密葬だし、四階にはホールスタッフは誰も付かないから、何かあればそっちも手伝わなきゃいけないことになる。今夜は本当に猫の手も借りたいよ」

「大変な時に復帰してしまいましたね」

「私にとって美空は救いの神だね。坂東会館の救世主」

「また大袈裟なことを……」

「いやいや、運命ですよ」

「運命って……」

お互いに切羽詰まった状況への焦りを紛らわすため、くだらないことを言いながら椅子を並べていると、エレベーターの扉が開いて喪主が到着した。こういう時に限ってなぜか早いと、陽子さんと顔を見合わせる。対応に行ってしまった陽子さんに取り残され、ひとりで力仕事をするはめになってしまった。

運命か。

確かに昨日の電話の時、迷いもせずにバイトに復帰しようと思ったのは事実だ。就職活動に行き詰まり、気力を失くして悶々としていたところに、救いの手を差し伸べてくれたのかもしれない。

そういえば、自分の意思で何かをやりたいと思ったのはいつ以来だろうか。惰性で続けてきた就職活動よりも、今は無性に何かに夢中になりたい心境だった。むしろ忙しいほうがありがたい。忘れかけていた情熱を思い出したかのように、急に闘志が湧いてきた。

やっとの思いで式場の準備を終わらせた頃に、喪主とご遺族にひと通りの説明を終えた陽子さんが戻ってきた。くたびれた私と違って涼しい顔である。

「喪主さん、絶妙のタイミングだったねぇ。美空、お疲れ様」

悪びれずに言う陽子さんに苦笑するしかない。さすがに悪いと思ったのか、一般の会葬者を迎えるまでの時間に、休憩をもらえることになった。

事務所でお茶でも飲もうと、階段を下りたところでさっきの男を見かけた。確か漆原だ。

到着した僧侶を迎えに出たようで、駐車場へ通じる自動ドアから連れ立ってロビーへと入ってくるところだった。

最初の印象の通り、四、五十代のベテランが多い坂東会館の葬祭ディレクターの中では、かなり若い気がする。身長があって姿勢がいいので、黒いスーツ姿が様になり、いかにも葬儀屋らしい。

一緒にいる僧侶も漆原と同じくらいの年齢に見えた。若い僧侶に会ったのは初めてで、もの珍しくてついまじまじと眺めてしまった。ある程度の年齢を重ねているほうが、貫禄(かんろく)があって、ありがたみも違う気がするな、などといささか失礼なことを考えてしまうのも、普段ここを訪れる熟練の僧侶たちを見慣れているためだ。

おまけにもうひとつ奇妙なことがある。通常、僧侶は式の時にまとう袈裟(けさ)などの入った大きなバッグを持ってくる。普通ならば迎えにきた担当者がそれを持つものだが、漆原はなぜか手ぶらで、僧侶が自らそのバッグを手にしていた。

ふたりが近づいてきたので、立ち止まって慌てて頭を下げた。

すぐ目の前を漆原の革靴がさっと通り過ぎた。潔い歩き方である。やや遅れて続いたのは僧侶の草履の足音だ。こちらはゆっくりと静かなものである。知らないふたりだが、歩き方も性格を表すようで面白く思っていると、僧侶が私の前でふと立ち止まった。

おや、と思ううちに、再びゆっくりと通り過ぎていった。一瞬感じた視線に、息が詰まる思いがした。ふたりはエレベーターに乗り込み、ようやく私は体の緊張を解いた。

葬儀の担当者とすれ違う時は「お疲れ様です」と声をかけ、僧侶には立ち止まって一礼すると教育されている。特に問題はなかったはずだが、じろじろと見てしまったのが気に障ったのだろうか。

開式の三十分前になった。いよいよ一般の会葬者が到着し、慌ただしい時間になる。

休憩から戻った陽子さんが、得意げな微笑を口元に浮かべて走り寄ってきた。

「分かったよ、四階の式」

「誰に聞いてきたんですか」

「それは秘密。焼身自殺した人だって。何日か前の新聞にも載ったらしいよ。当然、もうお骨の状態」

顔を寄せ、一段声を落として告げた陽子さんの顔は、先ほどの微笑みを消している。

「焼身自殺……」

ぞっとした。ご遺体の死因について考えることなどそうそうないが、焼身自殺とは極めて珍しいケースではないだろうか。穏やかな死が全てではないと分かってはいた。しかし、今までに携わってきた大半が高齢者の葬儀だったので、深く考えたこともなかった。

「それでも式をやるんですか」

お骨になっていると聞いて、疑問に思ったのだ。

「残された人の気持ちの問題だからね」

そんな式にも慣れているのか、陽子さんは表情も変えずさらりと言った。私よりも長く坂東会館にいる陽子さんは、色々な〝死〟を見送ってきたのだろう。私はそこまで達観できていない。

おまけに、〝自殺〟と聞いた時から、頭の中には警戒のサイレンが鳴り響いていた。あまり口外することではないが、私にはちょっとした能力がある。〝気〟に敏感なのだ。

他人の感情が煩わしいくらいに伝わってきたり、その場に残っている思念を感じてしまったりする。それは生きている者に限らず、死者のものも含まれる。一般的に霊感と呼ばれるものだ。

そんな私が葬儀場でアルバイトをすることに不安もあったが、時給のよさには代えられないと、すぐに割り切った。何度かやり過ごすうち、多少我慢すれば大丈夫だということにも気づいてしまった。ただ見えて、感じるだけだ。実害があるわけではない。

しかし、自殺者の式なんて、いかにも恨みの声を感じそうで恐ろしい。ましてや焼身自殺となれば、熱いだの痛いだのといった、悲痛な叫びまで聞こえてきそうだ。

あらかじめ知ってしまうと、その分先入観にとらわれる。〝何か〟が聞こえてしまった時は潔く諦めようと覚悟を決めた。それでも、できるだけ四階の手伝いに駆り出されないよう、なんとなく息をひそめて仕事に集中した。

二階の式は順調に進んでいく。久しぶりの仕事なのでありがたいことこの上ない。

お清め会場の会葬者はほぼお帰りになり、親族だけがくつろいだ雰囲気で亡き人を偲(しの)びながらお酒を酌み交わしていた。

お料理も全て出し終え、私と陽子さんは、できるだけお身内をそっとしておこうと、パントリーへと戻っていた。

とはいえ、山のように仕事はある。親族席を用意する前に、慌ただしく下げたグラスや食器を厨房(ちゆうぼう)に戻さなくてはならない。寿司桶(すしおけ)や、大皿の上の煮物や天ぷらは大方きれいになっていて、食べ残しがないのは嬉しかった。

坂東会館は地下に厨房がある。仕出しに頼らず、でき立ての温かいお料理を提供できるのもこの式場の特長のひとつだった。

おまけに、現在の板長さんはもともと関西の料亭出身で、彼に代わってからは特に煮物の評判がいいらしい。ご相伴にあずかる機会はないが、お清め会場のテーブルに並べた、大皿にかけられたラップをはずす時に、ふわりと広がるお出汁の香りはいかにも美味しそうだった。上に飾られた赤いもみじ麩に手を伸ばしたい誘惑といつも戦っているのは秘密である。

食器類をパントリー内の小型エレベーターに載せていると内線電話が鳴った。近くにいた陽子さんが手を伸ばす。短いやりとりをした後、ゴミ袋の口を縛っていた私にすまなそうに言った。

「ごめん、美空。四階を手伝ってきてくれるかな」

やっぱり来たかと思った。

「もうご遺族もお帰りになったたって。あとはお料理のかたづけだけ。さすがに漆原さんにはお願いできないからね」

そう言われたら、行かないわけにはいかなかった。

陽子さんの情報によると、四階のお料理は、お寿司や煮物、天ぷらも一台ずつしか出ていない。すぐに終わるさと自分を励ましながら、恐る恐る階段を上った。

最上階の四階は、ロビーの奥が広い座敷になっていて、正面に小さな祭壇がある。

今夜のようにこぢんまりとした式で使われることもあるが、普段は法事で使われたり、大きな式の時には祭壇を隠して、親族の控室として使われたりすることが多い。

まだざわめいていた二階とは違って、ぞっとするほど静かだった。

座敷の襖は閉まっていて、灯りが点いているのかも分からなかった。もしかしたら担当の漆原はすでに事務所に戻ってしまったかもしれない。

「お疲れ様です。かたづけに来ました。どなたかいらっしゃいますか」

遠慮がちに声をかけ、しばらく待っているといきなり襖がすっと滑った。あまりに突然だったので、驚いて一歩退く。

「こんばんは」

場違いな明るい声とともに、座敷から顔を出したのは先ほどの若い僧侶だった。

続いて、座敷の灯りを遮るように立つ僧侶を押しのけて出てきたのは漆原だった。

ぽかんとする私に軽く頭を下げる。

「担当の漆原です。呼び出して申し訳ない」

私も慌てて頭を下げた。

「今夜はスタッフが少ないですから。清水美空と言います。初めてお会いしますね。私、実は半年ぶりのアルバイトなんです」

「漆原は外でフラフラしていることが多いからね。半年ぶりじゃなくても、会っていなかったかも……」

僧侶が間に割って入り、漆原に横目で睨まれた。面白いふたりだ。無表情で生真面目そうな漆原と、にこにこと笑みを絶やさない僧侶、実に対照的である。

「こちらは里見。今夜の式を勤めた僧侶です」

いかにも形式的に漆原が紹介した。

「はじめまして。清水さん。光照寺から来た里見道生です」

寺の名前を聞いてピンときた。

「光照寺？　江東区の光照寺さんですか？　もしかして、里見和尚の息子さんでしょうか」

「すごいね。どうして分かったの？」

「よくいらっしゃるじゃないですか。そういえば、優しそうな目元の感じが和尚に似ていますね」

「聞いた？　漆原。優しそうだって」

嬉しそうに里見さんが言った。漆原はそれを無視して私に目を向ける。

「光照寺が坂東会館と契約をしているのは知っているか」

漆原の高圧的な雰囲気に少し怯んでしまった。アルバイトの小娘だと思われているのだと思ったが、僧侶である里見さんにまで同じ態度なので、もともとこういう男なのだろう。

「知りませんでした。だから里見和尚をよくお見かけしていたんですね」

「そうだ。今のご時世、特に都会では、どこかの寺の檀家になっている家も少ないだろう。いざという時にどこに頼んだらいいか分からない葬家が多いんだ。ここはそんな時、真言宗ならば光照寺の僧侶を紹介している。たいていは里見の父親が来ている。他の式と重なってしまった時は、兄上たちが来ることが多い。こいつはめったに来ない」

「ひどいな。漆原」

「こいつには優秀な兄上が三人もいる。なかなか出番がこないのもつらいな、里見」

漆原がニヤリと笑った。

「四人兄弟なんですか？　にぎやかで羨ましいです」

つい里見さんをフォローするようなことを言ってしまった。

「そういう言い方をすると、もう手伝わないよ」

「俺が使わなきゃ、誰がお前を使うんだ」

漆原の言葉に、里見さんはむうと唸った。なんとも僧侶らしくないというか、頼りなげな僧侶であることか。

ふたりとの珍妙なやりとりのおかげで、自殺者に対する警戒心もどこかへいってしまった。実際のところ、親族が帰ればさっさと引き上げてしまう担当者も多いのだ。ひっそりとした夜の式場にひとり、横にはご遺骨がある状態でのかたづけは、たとえ霊感のない人でも決して楽しいものではないだろう。このふたりが残っていてくれたのは、何よりもありがたかった。

「さっさとすませてしまいますね」

「頼みます」

漆原は里見さんを引っ張るように連れて座敷を出ていった。

ロビーには広い窓に向けてソファが置かれている。位置的にてっぺんまで見えないまでも、ライトアップされたスカイツリーの堂々とした骨格を眺めることもできる。

さて、と気持ちを切り替えて広い座敷に目をやると、いかにもさびしげにポツンと卓袱台が置かれていた。並べられた取り皿もわずかだ。こちらの料理も気持ちがいいほどきれいに食べられていた。やはり板長さんの評判は本物だと嬉しくなる。

空になった食器を見るたびに感じるのは、生きている人はどんな時でも食べなくてはいけないということだった。たとえこのような場所でも。

　それならば、と思う。このような時だからこそ、温かく美味しいお料理で、少しでも肩の力を抜いてもらいたい。地下に厨房を入れた坂東社長もそう思ったのだろうか。

　靴を脱いで座敷に上がると、畳の冷たさがひやりと背骨まで這(は)いあがってきた。

　そうなるともうだめだ。私の心は部屋に漂うかすかな思念さえも感じ取ろうとして、勝手に意識が集中してしまう。

　あまり見ないようにしようと思っていたのに、自然に祭壇に目がいってしまった。

　陽子さんの情報は確かだったようで、ご遺体の代わりに、骨壺(こつつぼ)が入れられた白い袋が置かれていた。柩(ひつぎ)よりもずっと小さな骨壺には、いっそう凝縮された思いが詰まっている気がして、とっさに目を逸(そ)らした。

　さっさとかたづけて陽子さんのところに戻ろうと、急いで小皿を重ねておぼんにのせた。

「大丈夫、怖くないよ」

　突然の声に驚いて手を止めた。いつの間にか、すぐそばに里見さんが立っていたのだ。

　顔を上げると、僧侶はにっこりと微笑んでいた。怯(おび)えている私の様子に気づき、それを和らげようとしてくれているかのようだった。

「骨葬は珍しかったかな。それとも、誰かに仏様の事情を聞いたのかな」

「ごめんなさい、両方です」

私は正直に頭を下げた。

「漆原が担当するというだけで、みんなが変な先入観を持つから困っちゃうね」

里見さんはわざとロビーの男に聞こえるように大きな声で言った。

「うるさい」

ロビーから不機嫌な声がした。「お前、さっさと帰れ」

「喪主さんに勧められて飲んじゃったから帰れないよ。漆原が同席しろと言ったせいだからね。責任をもって送ってもらわないと困るよ」

言い返した後、里見さんは私を見て微笑んだ。それから優しい目をして祭壇を眺めた。

シンプルな祭壇だ。遺影と骨壺、左右に白い菊の花が一基ずつ置かれている。それだけだった。

「この人は大丈夫だよ」

〝この人〟とは、骨壺におさまった方のことらしい。

「過激なやり方で、周りを驚かせたかったみたいだよ。痛快だって笑っている」

笑っている？　亡くなった方が？　私は怪訝な顔で里見さんに訊ねた。

「そんなことが分かるんですか」

「分かるよ」

自信たっぷりに頷いた里見さんの言う通りだった。

私が恐れていたような痛々しく、生々しい思念はどこにも存在しなかった。骨壺からは何も感じられず、むしろからりとしている。

では、先ほどのうすら寒さはどこからきたのだろう。思い過ごしだったのだろうか。

「何か感じているとしたら、それはご遺族のものだ」

静かな声に振り返れば、座敷の入り口に漆原が立っていた。

「身内にこんな死に方をされたら、残された家族の苦しみのほうが大きい。こうなる前に何かしてやれなかったのかと、この先もずっと悔やみ続けることになる」

もう一度、遺影を見た。実直そうに口を結んだ中年の男性だ。とても過激なことをしそうには見えない。言うなれば、どこにでもいそうな男性の顔がそこにはある。

「五十一歳、真面目で控えめな性格。要領が悪くて、職場にはなじめずに何度も転職を繰り返した。最後はなかなか仕事に就けずに、世間からは必要とされない人間だと思い詰めてしまった。最期くらい大勢の人の注目を集めることをしたいと、まさにひと花咲かせたわけだ。今までの悔しさを、覚悟に変えたんだよ。恐怖も痛みも凌駕するほどの思いだったんだね」

里見さんは痛ましげに眉を寄せて、男性のことを話す。よどみない口調に驚くと同時に、自分の体が炎に包まれる痛みを思うと足がすくんだ。里見さんはさらに言葉を続けた。

「語ってあげるのも供養だと、さっきまでお身内から聞かせてもらっていたんだよ。聞いてもらうと楽になることってあるでしょう？　そうやって悲しみを癒やす手伝いをするのも、僕の役割だと思っているからね」

「骨になって帰ってきた息子を抱えた老夫婦が、せめてしっかり供養をしてあげたいと依頼に来た。暮らし向きもよくないから、ささやかなものしかできないが、経のひとつでもあげてやらねばやりきれないとね」

里見さんの後に漆原が静かに言った。

今まで、通夜も告別式も、切り取られたようにその瞬間しか見ていなかった私は、その背景があることを初めて意識した。これまでお世話をしてきたご遺族の方々も、みんなそれぞれに、単なる悲しみではくくれない思いを抱えて、坂東会館を訪れていたはずだ。

「亡くなった方というよりも、お身内のための式みたいですね」

「そうだ。たとえ身内でも、亡くなった方にはもう何もしてあげられない。こうやって、後悔の念を少しでも昇華させるしかない。葬儀とはそういう場でもある」

そんなことを考えたこともなかった。当たり前のように、亡くなった人のために行われるものだと思っていた。

新しい発見は、新鮮な驚きをもって私を刺激した。これからは、今まで以上に心を込めた仕事ができそうな気がする。

「これも何かの縁だね。漆原」

里見さんが横の男に笑顔を向ける。

「お前が言うのなら、そうなんだろう」

ふたりが話しているのを聞きながら、ふと疑問を感じた。

「里見さん、お骨の方の状況は、ご遺族から聞いて知ったんですよね。だったら、どうして『笑っている』なんて言ったんですか？　ご遺族は息子さんが無念の死を遂げたって思い詰めていたのでしょう？」

「僕には色々見えるんだよ」

予想もしなかった言葉に衝撃を受け、じっと里見さんを見つめてしまった。自分と同じような能力を持つ者が、すぐ目の前にいるなんて信じられなかった。並んで祭壇を見た時に、里見さんはまさに〝遺骨の方〟と相対していたのだ。となれば、私よりもよほど感度がいい。そんな様子に気づかなかった自分は、いかにも鈍感である。

しかし、初対面の相手に「私もです」などと言えるほど、自分の能力に確固たる自信があるわけでもない。私の逡巡を面白がるように、じっと見つめる里見さんに困惑してしまった。

目が逸らせず、気まずい沈黙が続く。

それを破ったのは漆原だった。

「里見、仕事の邪魔をするな。もういい時間だ。下の式場だってあるんだぞ。いつまでも拘束するわけにはいかない」

式場関係者らしいもっともな言葉に、里見さんは素直に謝り、私はほっと息をついた。

その後も、私が食器類を地下の厨房に下げ、座敷の畳を箒で掃き終えるまで、ふたりはロビーにいてくれたのだった。

その夜はどこかふわふわとした気持ちで、坂東会館から地下鉄で一駅の自宅に帰った。

時刻は午後十時半。いつもならばすでにお風呂にも入り、お気に入りの写真集を眺めたり、本を読んだりして、くつろいでいる時間だった。

バイトは夕方からだったのに、その数時間の記憶だけが今日一日の全てを占めていた。

玄関までの数段の階段を上りながら空を見上げると、ひとつふたつ星が瞬（またた）いていた。遅い時間になれば、冬の星座が見える季節になっていた。

「どうだった？　半年ぶりのアルバイト」

玄関まで迎えに出た母がさっそく訊いてくる。久しぶりに夜の外出をした娘を、そわそわと待つ家族の様子が容易に想像できた。

「陽子さんと一緒だったし、楽しかったよ。半年ぶりなのに頼りにされちゃって、就職活動で失いかけていた自信を取り戻した気がする」

思った以上に体が仕事を覚えていたことが嬉しかったし、動きまわった後の疲れすら心地よかった。

「美空のそんな明るい顔は久しぶりに見るよ。ここのところ疲れ切っていたもんなぁ。なじんだ場所っていうのは居心地がいいものさ。久しぶりに行ってよかったじゃないか」

ニュース番組を見ていた父が上機嫌で言った。普段は早めに寝室に行ってしまうのだが、帰りを待っていてくれたらしい。我が家はそういう家庭だ。家族全員がそろう場を大切にしているのは、私が幼かった頃から、すでに成人した今まで変わらない。

「美空」

父が顎で台所のテーブルを示した。見れば白い封筒が置かれている。手に取ろうとして、伸ばしかけた指を止めた。

封筒には、先週面接を受けた会社名が印刷されていた。手書きで「人事部採用担当者」と加えられている。それを見ただけで心拍数が跳ね上がった。

母はテーブルに背を向ける形で夜食を用意してくれていた。何気なく後ろを振り返るのは、この封筒が気になっているからに違いなかった。

私はじっと封筒を見下ろしていた。結果は知りたい。しかし、なかなか開ける勇気が出なかった。就職活動を始めてはや半年。今まで幾度「ご希望に添えず恐縮ですが云々(うんぬん)」の文句に苦汁を舐(な)めてきたことだろう。観念してひとつ息を吐くと、封筒の横にご丁寧に置かれていたはさみを手に取った。

期待してはいけない。そう何度も心に言い聞かせ、ひと思いに封を切り、ゆっくりと三つ折りにされた書面を引き出した。心臓だけがむやみにばくばくとせわしない。父も、母も、息を殺している気配を感じる。私よりも緊張しているかもしれない。

書面に目を通し、ふうと息をつくと、きれいに畳みなおして封筒に戻す。そのままテーブルに置き、ガスコンロの前の母に声をかけた。

「お母さん、今夜のおかずは何?」

バイトに出かける前に、母が挽肉(ひきにく)を解凍していたのを思い出した。「ハンバーグかな」

「残念。甘酢で炒(いた)めたミートボールよ」

いよいよ耐え切れずに母が振り向いた。「それより、どうだった?」

「またダメだった……」

不覚にも母の声を聞いた途端に涙があふれ、力が抜けて床に座り込んでしまった。

「おいおい」と父がうろたえた声を上げて立ちあがる。こんなふうに泣くなんて久しぶりだ。

「美空」

母が呼んだ。「お腹空(なかす)いたでしょう。早くごはんにしましょうよ」

涙にまみれた情けない顔を上げると、母が吹き出した。

「泣き顔は子供の時とおんなじねぇ。その会社とは縁がなかったってことでしょう。そのうち、美空を必要とするところと出会えるわよ」

ガスを止めた母がテーブルの上のティッシュを差し出し、しゃがみこんで背中をさすってくれた。

「ねぇ、美空。ちょっとひと休みしてみたらどうかな」

私は涙をぬぐいながら、母の顔を見上げた。

「ずっと不動産業界ばかり受けていたでしょう？　頑張っているのはよく分かっているし、応援もしているけど、このあたりでもう一度、じっくり考えてみてもいいと思うの」

「この業界、向いていないってこと？」

「面接官って意外と見ているのよ。美空の性格を見抜いたんじゃないかな。お母さんもね、実はちょっと心配だったの。美空って、人がよくて押しが弱いでしょう？　マンションみたいな高いもの、ちゃんと売れるのかなって」

「そもそも、どうして不動産業界なんだ？」

おろおろと所在なく立ち尽くしていた父が、遠慮がちに訊ねた。

「マンションに昔から憧れていたの」

「そういえば、美空は子供の頃からマンションの広告が大好きだったわねぇ。おばあちゃんがよく、新聞からより分けていたっけ」

頷きながら、よく覚えているなぁと感心した。

下町の住宅密集地にこぢんまりとたたずむ家で育った私は、小さい頃からマンションに憧れがあった。床に大きな広告を広げて覗き込めば、何時間でも空想の世界で遊ぶことができた。どんな家族が住むのか、ペットは飼えるのか。学校や、公園、スーパーマーケットを探して、地図をたどる。そこでは色々な日常を思い描くことができた。いつしか自分でも理想の間取りを考え、ここは私の部屋、ここは両親、ここは祖母と、部屋割りまで空想していた。

「どうせなら、建築とかデザインの勉強をしとけばよかったな」

父が腕を組んで勝手に納得したように言った。完全に文系の私は、営業を主とした総合職を受け続けていた。

「大学の就職説明会に来ていた、同じ文学部出身の先輩がとっても素敵だったんだ。雰囲気は柔らかいのに、できる女って印象でね。だから私もやれるかなって」

「美空、お前ができる女って柄かよ」

　父が笑ったので、失礼だなと思ったが、やはり自分には向かない気がした。ＯＧ訪問までした、彼女がいる大手の不動産会社は、とうの昔に不採用となっていた。

　実はもうひとつ理由があったが、これは内緒にしておくことにする。不動産業界に就職できれば、経済的にも安心だと思ったからなのだ。

　私立の大学にも入れてもらい、実家でのびやかに育てられたが、私は早く自立して家族を安心させたいと、いつもどこかで思っていた。ひとりっ子だから、自分がしっかりしなくてはという義務感だろうか。だが、少し背伸びをし過ぎていたのかもしれない。「縁がなかった」という母の言葉がしっくりと心になじむ。

「そうだね、私には、高い物件を買ってもらうために、セールスするのは向いていないと思う。心と心でやりとりができる、坂東会館みたいな仕事がいいなぁ」

「どこだって、社員となれば大変なことはあるだろうけどな、俺も別の業界に目を向けるのには賛成だ。せっかく、バイトで気分転換したことだし、少しの間、就職活動も休んじまえ。リセットしたら、案外うまくいくかもしれないぞ」

「卒業までしばらくあるから、もう一度考えてみなさい。フリーターになられるのは困っちゃうけど、今さら焦っても仕方がないと思うの。自分に合うところを見つけないとね」

「お言葉に甘えて、ゆっくり考えさせていただきます」

一度こうと決めたら誰にも相談せずに突き進む、自分の意固地な性格が今となっては憎らしかった。

母がテーブルに置いた皿からは美味しそうなにおいがして、ぐうとお腹が鳴った。

我が家の定番料理、ミートボールの甘酢炒めは、塊肉(かたまりにく)の脂身が苦手な私のために母親が開発した料理で、単純に言えば酢豚のお肉がミートボールに代わったような料理だ。

「そうそう、美空。ごはんの前におばあちゃんにもただいまって言ってきなさいよ。たぶん、まだ起きているわ。久しぶりの夜のバイトだから心配していたわよ」

「いけない。そうだった」

居間を出る時、こっそりと母が囁(ささや)いた。

「不動産業界なんて言うから、就職したらさっさとマンションを買って出ていってしまうんじゃないかって、お父さん、心配していたのよ。バカみたいでしょう」

その言葉に心がふわっと温かくなり、母と顔を見合わせて笑った。

「ただいま、おばあちゃん」

襖を開けると、ちょこんと座布団に座ってテレビを見ていた祖母が、微笑んで顔を向けた。テレビをいつも大音量で見るため、帰宅したことに全く気づかなかったようだ。

「まだお布団も敷いていないの？　テレビなんて、横になって見ればいいじゃない」

祖母は、昨年心不全で一度入院している。年齢的なもので仕方がないとはいえ、できる限り無理はさせたくない。

上げ下げしやすいように、押入れの下の段に畳まれた布団を引っ張り出して敷いてあげた。常々、母が敷こうとするのだが、自分でできることは、自分でやりたいと断るのだ。

「美空はこれからごはんなの？」

「うん」

「私も一緒にお茶でも飲もうかな」

祖母はよいしょと立ち上がった。

祖母と並んでさして長くはない廊下を歩きながら、自分から告白した。

「実はね、また面接落ちたんだ」

「そう」

祖母はどこまでも穏やかだった。「まだ受けるの？」

「しばらく休もうと思う。さっき、お父さんとお母さんとも話したんだけど、一回リセットして、ちゃんと自分のことを考えてみようかと思うんだ」

「大丈夫。美空にはお姉ちゃんが付いているんだからね。きっとうまくいくよ」

幼い頃から何度も言われてきた言葉に、私は曖昧に微笑んだ。

「そうだね。お姉ちゃんがいるもんね」

祖母は、亡くなった姉の美鳥が私を見守ってくれていると信じているのだ。

そもそも、私に姉がいたことを教えてくれたのは祖母だった。

まだ幼かった頃、兄弟や姉妹がいる友達が羨ましくて、ひとりっ子だという不満を祖母に漏らしたことがある。

黙って私を仏壇の前に連れていった祖母は、幼い女の子の写真を見せた。その子は、当時の自分と同じくらいか、まだいくぶん幼いようだった。それが姉だった。

「ほかのお友達とは違うかもしれないけど、美空にはちゃんとお姉ちゃんがいるんだよ。だから、羨ましがることはない。いつもそばで見守ってくれているんだから」

祖母なりに、私の幼い孤独感や、ないものねだりを和らげようとしてくれていたに違いない。それには真実を告げることが一番だと思ったのだろう。

私が生まれる前の日に亡くなったという姉のことは、私と祖母、ふたりだけの秘密だった。両親は一度も姉のことを話してくれなかったからだ。

それに、祖母が私に〝姉が付いている〟と言うのも、あながち希望的なことではない。実は、私は幼い頃からずっと、小さな女の子が出てくる夢を見ていたのだ。

祖母から姉のことを聞かされた時、夢の少女が姉だと確信した。幼かった自分がなぜそう思ったのか、いまだによく分からない。

姉は今も幼い姿のまま、私の夢に現れる。これはもう、私に霊感があることと無関係とは思えなかった。むしろ、姉が付いているから霊感があるのかもしれなかった。

今でも、不思議な体験をする前にはたいてい姉が夢に現れるのだ。

そのたびに私はびくびくしてしまう。怖さもあるが、私には〝彼ら〟が見えてしまうだけで、何もしてあげることができない。見て見ぬふりをするたびに罪悪感にさいなまれ、どれだけ霊感などないほうがいいと思ってきたことか。

その夜はなかなか眠ることができなかった。

ベッドに入った時間もかなり遅かったのだが、半年ぶりのアルバイトや、両親と話した就職活動のこと、祖母の言葉で思い出した姉のこと、それらが休もうとする意識の中にでんと居座っていた。

肩の荷が下りたように感じるのは、焦っていた就職活動に少しだけ猶予をもらえたことが大きな要因だろう。急に開放的な気分になれば、眠れぬ夜も悪くはなかった。

真夜中の街は東京といえど静かだ。

私は本棚から一冊の写真集を取り出した。絵本のようにコンパクトで、世界中のかわいらしい小鳥たちの写真を集めたものだった。

中でも好きなページがある。霜の付いた小枝の上で、冬毛をむくむくと膨らませて寄り添う二羽の小鳥だ。寒そうなのに温かい、その写真を見るたび、なんとなく姉と私を想像してしまう。

久しぶりのバイトをきっかけに、自分の霊感への抵抗が不思議と薄れた気がする。

きっと、里見さんと出会ったせいに違いない。彼は、ご遺骨になった人の思いが分かると言っていた。〝彼ら〟が見えることで、亡くなった方や、ご遺族の心を理解していた。

(私もあんなふうにできたらいいのにな)

小さく、柔らかそうな小鳥を眺めながら、ふっと優しい気持ちになった。

次に坂東会館に行ったのは翌週だった。本格的にバイトに復帰しようと思った矢先、ぱたりと葬儀の予定が途切れてしまったのだ。

この数日のうちに、大通り沿いのハナミズキもすっかり葉を落とし、空が広く感じられるようになっていた。幹が剝き出しになった街路樹は冷えた風にさらされて、頼りなげに枝先を震わせている。私は秋物のコートでは心もとない気がして、ストールを巻いて家を出た。

地下鉄の階段を上がると、低い雲の中に半分以上埋もれたスカイツリーが霧雨に霞んでいた。いつしかひっそりと雨が降り始めていたのだ。

傘を差していても体中にまとわりつく細やかな雨は、じわじわと体温を奪っていく気がする。傘の柄を持つ指先がかじかみ、いっそ雪にでもなってくれたほうがいいのにと思った。

私は自然と急ぎ足になって、坂東会館へと向かった。

開式前のひっそりとしたロビーはそれだけでも寒々しい。私は到着した会葬者を二階の式場へ案内するため、一階のエレベーターホールに立っていた。

自動ドアには常に気を配っているが、人が来ない限りやることもない。普段なら引き受けないポジションだった。私はどちらかというと動きまわるほうが好きなのだ。

厚い雨雲のせいで夜の訪れが早く、外はすでに闇に沈んでいた。車が通るたび、ヘッドライトの光の輪の中に針のような雨がまばゆく映し出される。

五時半を過ぎると会葬者は急激に増え、ようやくやる気になってきた。

自動ドアの手前に置かれた傘立ては、遠目に見ても分かるほどあふれかえっていた。

黒っぽい傘ばかりが突き立てられていて、式が終われば紛失や他人のものとの取り違えでひと騒動起こるだろう。そう思うとなんとなく憂鬱な気分になる。

自動ドアの内側には、鍵のかかる傘立ても置かれているのだが、寒さでかじかんだ指でコインを取り出すのがよほど面倒なのか、こちらにはほとんど入っていなかった。

それがまた意味もなく私の気持ちをいらだたせた。

昨夜は久しぶりに姉の夢を見た。時折、ふっとその夢が心の中を通り過ぎていき、苦しいような悲しいような気分になった。

再び自動ドアが開き、会葬者と一緒に湿った冷気が流れ込んできた。

誰もが一様に似たような暗い色のコート、その下にはそろって喪服だ。当たり前のことだが、ずっとそれを見続けていると不思議な気分になってくる。

手渡されるコートを次々に受け取りながら、番号札を渡し、エレベーターで二階の式場へと誘導していく。

たいていが仲間と連れ立って訪れるため、その一団をエレベーターに押し込んでしまえば、しばし空白の時間ができる。階数の表示が二階で止まったのを確認し、エレベーターを呼び戻すため、「上」の表示ボタンを押した。

ふっと冷え切った空気が頬をかすめた。いつの間にか新しい会葬者が入ってきたようだ。

慌てて振り向いた時にはすぐ目の前に人影があった。あまりにも突然であり、新たな会葬者の場違いな雰囲気に目を見張った。

立っていたのは若い女性だった。

きちんと喪服を着ている。その点では、もちろん場違いではない。嫌でも目が釘付(くぎづ)けになったのは、彼女のお腹が大きくせり出していたからだ。

間もなく臨月を迎えそうな妊婦さんが、冷え切った雨の夜に出歩いて大丈夫なのかと、私のほうが心配になり、呆然(ぼうぜん)と見つめてしまった。ご愁傷様です、と言うのも忘れていた。

彼女は重そうなお腹を抱えるように両手を前で組み合わせていた。喪服にまとわりついた霧雨(きりさめ)が、エレベーター前のダウンライトを浴びて、繊細なダイヤモンドの破片のように輝きを放っている。

「あの……」

彼女は私を覗き込むように軽く首をかしげ、か細い声を発した。さらりと長めの前髪が揺れ、白い額が見える。そこではっと我に返った。

「エレベーターへどうぞ。二階の式場へご案内します」

慌てて深く頭を下げた。すっかりペースを乱されている。ぶしつけな視線を送ってしまったことにも、今更ながらばつの悪さを感じた。

彼女が連れてきた冷気が私を凍えさせ、ぶるっと震えがきた。さらに外の気温が下がったのかもしれない。

エレベーターの扉がタイミングよく開いたが、彼女はすぐに乗り込もうとしなかった。

「どうかなさいましたか」

つい目がいってしまうお腹から視線を上げて、彼女の顔を見た。

肌の色が透き通るように白く、繊細な顔立ちの美人だった。外の寒さで冷え切ってしまったのではないかと思うほど、血の気を感じさせない。なんとなく見覚えがあるのは気のせいだろうか。黒ずくめの人々が集まる場所だ。似ているように感じてしまうだけかもしれない。

「大丈夫ですか。控室に行けば温かいお茶もありますから、少し温まったほうが……」

　彼女はエレベーターに乗るのをためらっているようにも見えた。

「……ここ、柳沢さんのお通夜でいいんですよね、なんだか迷ってしまったようで……」

　彼女は小さな声で確認するように訊ねた。

　その姿に、ふと、今夜弔う人もまた妊婦だったのを思い出した。目の前の彼女は、産科での友人かもしれない。それにしても気の毒な話だ。

「はい。柳沢様のお通夜会場はこちらです。とにかく、ここは冷えますから上に行きましょう。お腹のお子さんにも毒だと思います。もうだいぶご会葬の方々もお集まりです。お知り合いもいらっしゃるかもしれませんし……」

　なぜか彼女をひとりにしておくのが心配になった。早く多くの会葬者が集まった式場に紛れ込ませたい。それほど儚げな風情だったのだ。

　しかし彼女は動こうとせず、じっと私を見つめてくる。優しげに細められた瞳は淡く揺らめきながらも、それでいて力強い意志を感じさせた。

「一緒に来てくれませんか」

「え」

「荷物、手伝ってください。もう持てないのです」

彼女に気を取られていて気づかなかったが、その足元には大きなバッグが置かれていた。

海外旅行にも持っていけそうな、しっかりとした造りである。確かに身重の体で持つには大変そうだ。

「かしこまりました。では、一緒に参りましょう」

彼女を先にエレベーターに誘導し、バッグに手を伸ばしながら、内心では困ったことになったなと思っていた。今夜はできるだけ通夜の会場には近づきたくなかった。そのために自分から一階の案内係を志願したのだ。

それにしても、この女性と大きな荷物には何とも言えない違和感がある。しぶしぶ荷物を持ち上げた私は、肩透かしを食ったようによろめいた。見かけによらず、ひどく軽かったのだ。

顔を上げて女性を見ると、小さく微笑んだようだった。とても中身が何かなどと訊ける雰囲気ではない。仕方なく、外の空気のようにしっとりと湿り、冷え切ったバッグの持ち手を握りなおし、エレベーターに乗り込んだ。

二階へ到着するまでの十数秒は、息が詰まるようだった。

彼女はそれきり何も話しかけてこない。私は背後に女性の気配を感じながら、じっと鈍い銀色の扉を見つめていた。

その間も、大きいだけでさして重くもないバッグの中身が気になって仕方がない。これくらいならば、彼女でも運べるのではないかと思ったのだ。

ようやく扉が開き、ふわりと線香の香りが流れ込んできた。

「開」ボタンを押したまま振り向く。彼女を記帳台まで案内し、その後で荷物をどこに置くか訊ねるつもりだった。

振り向いた姿勢のまま、私は目を瞬(しばたた)かせた。エレベーターの中に、彼女の姿がなかったのだ。

「あれ？」

ロビーで立ち話をする会葬者をぐるりと眺め、もう一度エレベーターの中を見た。ただガランとした箱があるだけだ。

「消えた……」

記帳台に並ぶ会葬者の列、手荷物預かりのスタッフの前、親族の控室のほうまで視線を廻(めぐ)らせた。それでも、やはりいない。

エレベーターの扉が開いたほんの一瞬のことだ。夢でも見たのかと思ったが、渡された荷物だけは確かに自分の手にあった。途端にこの荷物の存在が恐ろしくなってしまった。

私はあまりにも場違いな大きなバッグを持ったまま式場へ向かった。

式が始まる前に、棺の中の故人に線香を上げる会葬者が多いことを思い出したのだ。大きな荷物を持ってロビーを横切る私を、迷惑そうに会葬者がよける。

「やっぱりそうか……」

ふと祭壇の遺影を見て、ため息のような呟きが漏れた。黒い額縁の中で、先ほどの女性が儚げに、しかし幸せそうに微笑んでいた。

私はしばらくそのまま立ち尽くしてしまった。違和感の正体がすとんと腑に落ちる。どこかで見た顔だと思ったのも当たり前だ。式場のセッティングをした時に、遺影を何度も見ているのだから。

（このバッグ、どうしよう……）

姉の夢を見たことで感じた、嫌な予感が当たってしまった。怖いというよりも妙なことを体験したくないのだ。だから式場に近寄らないようにしていたのに。

（とにかく、このバッグをなんとかしなきゃ）

私は持ち手を握りなおした。しばし考え、喪主に渡してしまうことに決めた。信じてくれるかどうかは喪主次第だった。

喪主は故人の夫である。

突然妻を亡くし、混乱しているだろう。話などできる状態でなければ、さりげなく控室に置いてきてしまっても構わないだろうか。私にはまだご案内の仕事がある。ここでモタモタしているわけにもいかない。

喪主の姿を探して首を廻らせた。棺のそばか、控室にいるはずだ。

「また会ったな」

ふいに後ろから声をかけられて、振り返ると漆原が立っていた。

以前と同じく黒いスーツ姿で、胸に小さなシルバーのネームプレートが光っている。今日は手に白い手袋をしていた。今回の葬儀の担当者は、どうやらこの男のようだった。

「里見が、君はよいものを持っていると言っていたぞ」

漆原はこちらの状況などお構いなしに話しかけてきた。

それを無視して、渡りに船とばかりに訊ねた。

「漆原さん、ここの担当ですか」

「そうだ」

小さく頷いた男にバッグを押し付けた。

反射的に受け取った漆原は、困惑の表情を浮かべる。

「これは？」

「漆原さん、さっき、『よいもの』っておっしゃいましたよね」

「言ったが、これのことではないぞ」と反論した後で、押し付けられたバッグを見つめた。「大きさの割にはやけに軽いな。何が入っているんだ？」

会話がかみ合っていないようだったが、それどころではなかった。

「信じられないかもしれませんが、さっき、遺影の女性からお預かりしたものです。一階で荷物を持つのを手伝ってほしいと言われ、一緒にエレベーターに乗りました」

漆原の目つきが変わった気がした。驚くほど真剣だった。

「遺影の女性、つまり亡くなった方から？」

「そうです。信じられませんよね。下で案内係をしていたら、いつの間にか遺影の女性が入ってきたんです。私も信じられません。女性は消えて、バッグだけが残っています」

必死に説明しながら、一方で諦めてもいた。どうせまたおかしな奴だと思われるのだ。

　こんな話はたいてい信じてもらえないし、場所が場所だけに不謹慎だと言われることもある。しかし、この男の反応は違った。あろうことか、わずかに微笑んだのだ。

「怖くないのか？」

「そりゃ、怖いですよ。それよりも驚いています。だって、バッグが現実にここにあるんですから。こんなこと今までには……」

「よくあるのか」

　私は答えを濁した。実体があるものを持つのは初めてだと言おうとしてやめた。他人には理解できないことを説明しても空しいだけだ。

　それよりも、この男の予想外の反応に拍子抜けしていた。

　漆原はバッグをしげしげと眺めている。

「よほど大事なものなのだろう」

　その言葉に、なるほどと思った。漆原はどこか嬉しそうな様子である。これまでとは違った表情に戸惑いながら、ほっとして漆原が持ち上げたバッグを撫でた。

「そうか、大事なものなんですね。だからわざわざ持ってきたんだ。だったら、早く喪主様に届けてあげてください」

漆原は右手でバッグの持ち手を握りなおすと、もう片方の手で私の腕を強く引いた。

「喪主は控室だ。行くぞ」

「私も行くんですか？」

そのまま問答無用で連れていかれてしまった。

開け放った控室の格子戸からは室内がよく見えた。声をかける前に漆原はそっとその様子を眺めた。どのように喪主と話そうかと考えているようだ。

喪主は畳にぺたりと座り込んでうなだれていた。ひどく顔色が悪く、泣き腫らしたような目元をしているのが遠目にも分かった。

憔悴するのも当然だ。

これから訪れたであろう幸せな生活を、一瞬のうちに奪われてしまったのだから。愛する家族を一度に失った絶望と悲しみ、孤独感。まだ悪夢のような現実を受け入れられないのだろう。どこか呆然とした様子が見える。

今回の式はあまりにも喪主が気の毒だと、施行が決まった三日前から式場スタッフの間では噂になっていたそうだ。こういう情報はどこで聞いてくるのか、やたらと詳しい人がいるもので、聞きたくもないのに耳に入ってくる。

不慮の事故だったという。

買い物に出かけた先で、大きな交差点に架かる歩道橋の階段を、一番上の段から転がり落ちたのだ。落ちる間、何度も何度も硬いコンクリートの段差に頭と大きなお腹を打ち続けた女性は、病院へ運ばれる途中で息を引き取った。お腹の中の子供と一緒に。眺めのよい、お気に入りの歩道橋だったそうだ。

近くには、スーパーのレジ袋から飛び出した食材が散らばっていたという。その内容量から、重い荷物と身重の体でバランスを崩したのだろうということだった。

加害者がいるわけではない。恨む相手もいない。ひとり取り残された夫は、悲しみも怒りも、ぶつける先を見つけられないまま苦しんでいる。

私のたくましい想像力はこんな時に一番邪魔になる。話を聞いただけですぐに感情移入してしまうのだ。突然ひとりの世界に放り出されたように、愛する妻を探す喪主の声が聞こえた気がして、凍り付いたように足がすくんだ。

漆原の腕を振り払おうとすると、むしろふらりとした私を支えるように力を込めてきた。

「どうした」

「すみません、急に気分が……」

ふいに目の前が暗くなった。私の周りを取り巻く強い思いが心に入り込んできて、それがまるで自分のものであるかのように苦しくなる。

今の喪主は、まだ現実と、思い描いた未来との狭間(はざま)で苦しんでいる。その気持ちが私の心に突き刺さるのだ。

当たり前のようにそばにいた妻がどこにもいない。

ふたりで待ちわびていた子供も、どれだけ待っても抱くことができない。

どうしてこんなことになってしまったのか、これは夢ではないのかという空しく繰り返される思いが、私の心をひたひたと侵してくる。

彼には時間が必要なのだ。通夜や葬儀が終わった後でいい。ゆっくりと妻と子供の死を受け入れ、彼女たちのことを思い、もういないのだと理解するための時間が……。

「大丈夫か？」

漆原が顔を覗き込む。

その時、陽子さんが駆け寄ってきた。下の階にいるはずの私を見つけ、何事かと思ったのだろう。彼女はロビーで親族や会葬者の誘導係をしていた。

「美空、一階のご案内はどうしたの」

私の顔色がよほど悪かったのか、「具合悪いの？　大丈夫？」と心配してくれる。

「ご親族に用事を申し付かったそうですよ。それで私も一緒に来たところです」

漆原が代わりに応えた。周りを気にしたのか、丁寧な言葉になっている。

「そうでしたか」

「一階で冷えてしまったのでしょう。用事をすませたらすぐに戻しますから、赤坂さんも式場の案内に戻ってください。想定よりも多く会葬者が来ていますね。だいぶ席も埋まってきたのではないかな」

「分かりました。この時間なら、下の案内はもう必要ないでしょう。用事がすんだら、少し休ませてあげてください。彼女、真っ青ですよ」

リーダー的な存在の陽子さんが腕時計で時間を確認している。

「それでいいかな」

漆原は私に訊ねた。

「はい、すみません。大丈夫です」

付き合いの長い陽子さんは、私の事情をなんとなく知っているので、休ませてくれようとしているのが分かった。優しい気遣いに、ここで働いている以上しっかりしなくてはいけないと顔を上げた。

陽子さんがロビーにあふれる人々の間を器用にぬって、通夜会場のほうへ消えるのを見届けると、漆原が促した。

「行こう」

「はい」

喪主の母親が出迎えてくれ、先に漆原が和室へと上がった。私はバッグと一緒に入り口で控えていた。

通夜を目前に、担当者である漆原が挨拶をし、式の流れなどを説明している。しかし、喪主は依然として肩を落としたまま、放心したように上の空だ。ぼんやりと座っているだけで、聞こえているのかどうかも分からない。

「喪主様、お預かりものがあるのです」

漆原が振り向いて私を示した。ゆっくりと顔を向けた喪主に頭を下げ、大きなバッグを少し持ち上げてみせた。喪主が怪訝そうに眉を寄せる。

漆原が喪主の許可を得て、私を手招いた。

「こちらのバッグを喪主様にお渡しするようにと、先ほど彼女が一階でお預かりしたそうです」

「そのバッグは……」

喪主の瞳が見開かれ、目の前のバッグを凝視している。

「見覚えでも？」

彼は混乱したように小さく頭を振った。

「いや、そんなはずはない。一体、誰から預かったのですか」

「女性です。お名前は存じません。ごめんなさい、すぐにいなくなってしまって……」

急に生気を取り戻したかのような喪主に戸惑いながら応えると、彼はすがるように私を見つめた。

「その人はどこに？　ここに来ているのですか」

「分かりません」

「分かりませんって……」

慌てて立ち上がり、混雑するロビーへ行こうとする喪主を漆原は引き留めた。

「たくさんご会葬の方がおみえです。奥様、慕われていらっしゃったのですね。あれだけ人が多くてはすぐには見つかりません。まずはお荷物を改めては」

「ああ。そうですね……」

喪主は意識をロビーに向けながら、促されるままにバッグに手を伸ばした。

「大きなバッグですね」

漆原が感心したように言う。

喪主は恐る恐る、バッグを自分のほうへと引き寄せた。明るい照明の下で見てみると、持ち手部分の革は変色し、相当使い込んでいることが分かる。

「これは僕のバッグです。似ていると思いましたが、一体どうして……」

喪主は、すり減った革の部分や、毛羽立った表面を確かめるように触りながら言った。

「中身は？　ずいぶんとパンパンに膨れています。でも、見た目ほど重いわけではありませんね」

漆原が促すと、喪主が指を震わせながら、やっとのことでジッパーを下ろした。

私たちも一緒になって覗き込む。もちろん私だってずっと中身が気になっていたのだ。

開かれた部分から、何か白いものがこぼれるように姿を見せた。

よほど中で圧縮されていたのだろう。ジッパーが全て下ろされた時には、バッグを押しのけるように白い塊があふれ出していた。まるで綿の実が爆(は)ぜたような光景に、この塊は何だったかと、すぐには分からなかった。

喪主は目を見開いてバッグを見下ろしていた。

「これは……」

漆原も横からじっと見つめていた。

「おむつですね。しかもかなりの量が詰め込んであります」

呆然とバッグを見下ろす喪主の目に、みるみる涙が浮かび上がった。

涙は勢いよく頬を伝わり、ボタボタと畳に染みを作った。これまでもずっと泣き続けていただろうに、滔々と新たな涙があふれ出す。

「玲子だ、玲子が持ってきたんだ」

「玲子さん？」

私が繰り返すと、漆原が唇の前に人差し指を立てて遮った。

「奥様ですよ」

「これを受け取ったのは君だったよね」

喪主の目が私に向けられる。

「どんな女性だった？」

「お腹の大きな、細面のきれいな方でした」

さすがに遺影の人とは言えず、見たままを伝えた。

「間違いない、玲子だ」

「奥様のお写真と、よく似た方だったそうですよ」

漆原がさらりと言ってのけた。

「ああ……」

喪主がバッグを抱きかかえるように泣き崩れ、私は思わず屈(かが)みこんでその背をさすった。そのまま、労(いた)わる気持ちで喪主に語りかけた。

「玲子さんは、どうしてもこれを喪主様に届けたかったのだと思います。寒い中、雨に濡(ぬ)れながら、あんなに大きなお腹で、このバッグを持ってきたのですから」

実際には、霊体がどうやってバッグを運んだのかなんて分からない。ただ、そうしたいという強い思いがあったということだ。

「冷え切っているようでした。喪服姿で……。もう自分では持てないからと、私に渡されたのです」

「相変わらず無茶をするなぁ、あいつ。喪服なら通夜にまぎれ込めると思ったのかな。バカだな……」

喪主は泣きながら、少し笑った。

「とても、とても大切なものだったのだと思います」

「必要だと思ったのでしょう」

じっと黙って見守っていた漆原も口を挟んだ。

「このバッグに……」

喪主が嗚咽をこらえながら語り始めた。

「つい先日、玲子と一緒におむつを詰め込んだのです」

「ご出産の準備ですか」

抑揚がなく、感情に乏しいように思えた漆原の声も、今は淡々として、かえって耳に心地よい。

「ええ。出産後、玲子は自分の実家にしばらく滞在する予定でした。僕らは生まれてくる子供が待ち遠しくて、かなり早くから、おむつだのなんだのを買い集めていたのです。このバッグは、僕が玲子の実家に運んでおく予定でした。おむつなんてそちらで買ってもよかったのですが、とにかくふたりで赤ちゃんの買い物をするのが楽しかったんです」

喪主は懐かしそうに話してくれた。心の中の玲子さんとの温かな思い出を、少しずつ大切に紡ぎ出していくような話し方だった。

「それで、この大きなバッグにおむつを入れて、運ぶことにしたのです。ふたりでギュウギュウ詰めたんですよ。そんなに詰めたら出す時に大変だよ、破れちゃうよ、なんて笑いながらね。あれからまだ一週間も経っていないのに。それがどうして……」

穏やかに話していた喪主の表情が最後にゆがみ、唇をかみしめた。

じっとバッグを見つめていた漆原が口を開いた。

「おふたりにとっては、お子さんを待ちわびる幸せな思い出の詰まったバッグだったわけですね」

喪主が小さく頷く。

「それを玲子さんがわざわざ持ってきた……」

そこまで言って、漆原はチラリと時計を見た。

「喪主様、そろそろ式場に入る準備をしましょう」

喪主は慌てたようにハンカチで涙をぬぐった。喪服に似合わない、ブルーのチェックのハンカチだ。それだけでこの若い喪主がいっそう痛々しく思えてしまう。

「喪主様、玲子さんにはバッグが必要だったのです。それはあなたに対するメッセージだと、私は思います」

「え」

自分で促したくせに、漆原は喪主に話し続ける。

「玲子さんは、天国でお子さんを生み、立派に育ててみせると、あなたに伝えたかったのではないでしょうか。だからおむつが必要だと思ったのです。玲子さん、赤ちゃん、そしておむつ。一緒に送ってほしいということではないかと」

「玲子……」

「喪主様、玲子さんはあなたのそばにいますよ。このバッグを持ってきたのですから、あなたを見守っているはずです」

　漆原は喪主をまっすぐに見つめて言った。そっとバッグに触れながら続ける。

「これは、玲子さんにとっても、幸せな思い出の詰まったものなのでしょうね。こんなことになってしまい、玲子さんも悲しいはずです。無念もあると思います。でも、何よりも、これからの生活を楽しみにしていたあなたをひとりにしてしまったことが一番つらいはずです。こんなにあなたを悲しませていることも……」

　喪主は、自分を取り巻く空気を抱き込むかのように、両腕で己の体を掻き抱いた。小さく肩を震わせ、悲しみに耐えるように唇をかみしめている。

「玲子さんは強く決心されたのですよ。お腹の子供は天国で自分がしっかり育てるから、あなたもこちらで元気に過ごしてほしいと」

　喪主は顔を上げた。玲子さんの姿を探すように、視線をさまよわせる。

「近くにいるのなら、声が聞けたらいいのに……」

「心を強くもって、玲子さんの意志に応えてあげてください」

「僕がしっかり送ってあげないといけないんだな、ふたりを……」

「その通りです」

漆原が頷いた。

喪主は立ち上がると洗面台で顔を洗い、髪を整えた。その顔は憔悴していたが、背筋は伸び、目には光が戻っていた。

取り巻いていた悲しみの空気がゆっくりと薄れていくのを感じた。

漆原を見ると、何事もなかったかのように静かに喪主の支度を待っている。

「喪主様、式場に入られる前に、僧侶の方にご挨拶をお願いします。今から控室へご案内します」

喪主と母親は、開式までそう時間がないことにようやく気づき、慌ただしく部屋を出る。

漆原が喪主と連れ立って歩きながら、そっと囁いているのが聞こえた。

「先ほどのお荷物ですが、いくつかは明日の出棺時に棺に入れることが可能です。入り切らない分や、思い出のバッグは、後日お寺で焚き上げていただくこともできると思います。お呼びになっている僧侶の方は、喪主様の菩提寺の方でいらっしゃいますよね。そのあたりのことも、おいおいご相談されるとよろしいでしょう」

その言葉に、喪主は力強く頷いた。


僧侶の控室に喪主を送り、漆原が戻ってきた。私の顔をうかがうように見る。

「大丈夫か。まだ顔色が悪いぞ」

私は漆原に頭を下げた。

「ありがとうございました。私はただ意味も分からずにバッグを受け取ってしまっただけでした。漆原さんがいなければ、喪主様にも納得していただけたかどうか分かりません」

「礼を言われるほどのことはしていない」

漆原の表情から感情は読み取れない。

「あんなに悲しんでいた喪主様が、漆原さんのお話を聞いて、前向きになったじゃないですか。ああいう時、どうしたらいいか分からないのです。私まで悲しくなってしまって、とても励ますことなんてできません」

「ご遺族の気持ちになってあげられるのは、この仕事では大切なことだと思うぞ」

それだけではだめなのだ。私は首を振った。

「漆原さんは、何が喪主様の救いになるかをきちんと分かっていました。玲子さんのお気持ちも理解されていました。私なんて、直接玲子さんに会っていたのに、何も伝えられなかったのです。情けないと思います」

じっと聞いていた漆原は、すぐに澄ました顔でこう言った。

「式をなんの問題もなく終わらせることが俺の仕事だからな」

「は？」

思わず訊き返してしまった。

「正直なところ、さっきの話もどこまで玲子さんの気持ちに添っていたかなんて分からない。あのような話にしておけば、喪主の心を落ち着けて、かつあの荷物の行き場所も、うまく見つかると思っただけだ」

漆原は淡々と言った。

「むしろ、今夜の案内係が君でよかった。里見の言った通りだ」

「里見さん？」

先日、漆原と一緒にいたあの若い僧侶だ。

「あの日、式が始まる前にロビーですれ違っただろう。里見が、君の〝持っているもの〟に気づいたのさ。あいつは色々なものが見える。それで四階へ呼んで、確かめさせてもらったんだよ。だいぶ君を気に入っていたぞ」

　漆原は私の動揺を観察するように続けた。

「一階にいたのが別のスタッフだったら、玲子さんはおろか、荷物の存在さえ気づかなかったはずだ。そうなれば喪主もずっとあの調子だっただろうし、今夜は猛烈に悲惨な式になっていただろう。さすがの俺も、きっかけがなければ、ご遺族を納得させることはできないからな」

「きっかけですか」

「そうだ。今夜は君が作ってくれた。里見は宗派が違う式では使いものにならないので、君みたいな存在はとても助かる」

　唖然とする私に、漆原は腕を持ち上げて時計を示した。

「十分前だ。赤坂さんの言う通り、もう案内係は必要ないだろう。少しパントリーで休んできたらどうだ？　もしかしたら、まだ玲子さんがいるかもしれないしな」

「漆原さん、どういうことですか」

　意地悪く笑う男にどこか納得がいかず、思わず大きな声を出してしまった。少し前まではあれだけ感心していたのに、すっかり肩透かしを食らったようだ。漆原は里見さんの代わりに私を利用したということか。

「静かにしろ。君には興味がある。今度ゆっくり話でも聞かせてもらいたいな」

先ほどとは違った表情で目を細めると、囁くような小声で言った。言い返そうとしているうちに、漆原はきゅっと表情を引き締めた。

「では、行ってきます」

そう言い残して、颯爽（さっそう）と式場の中に入っていってしまった。姿勢のよい歩き方だった。

私はすっきりしないまま取り残されてしまい、しばらくの間、漆原が入った式場の入り口をぼんやりと見つめていた。

式場のざわめきが途絶え、ふいに静寂が訪れた。間もなく開式だ。

喪主と母親を席に座らせた陽子さんが、私を見つけて駆け寄ってきた。

「大丈夫？　お焼香が始まるまで休んでいていいよ。漆原さんのアナウンスが聞こえると思うから、そうしたらお清めの会場に来て」

陽子さんは素早く耳打ちすると、今度は僧侶を呼ぶために控室へと行ってしまった。忙しそうな後ろ姿に心の中で礼を言って、パントリーの折り畳み椅子に腰かけた。

座るとどっと疲れが出た。

ああいう体験をすると、決まってひどい疲労感に襲われる。私の生気が奪われてしまったのではないかと思うほどだ。

ポットから熱いお湯を湯呑みに注ぎ、冷ましながらゆっくりと口を付けた時、「ただいまより、故柳沢玲子様の通夜の儀を執り行います」と、開式を告げる漆原の声が聞こえてきた。静かで、それでいて心の奥に響くような声だった。

私は入室する僧侶の鳴らす、澄んだ鈴の音を聞きながら、立ち上る湯気に目を細めた。

漆原はあんな言い方をしたけれど……。

きっと、彼が喪主に言ったことは間違っていない。

雨に濡れて冷え切った玲子さんの、必死な、そして途方に暮れたような表情が瞼に焼き付いていた。あの荷物がないと、赤ちゃんとともに天国に旅立てない。それに、バッグがある限り、喪主は彼女を思い出して悲しむだろう。だからなんとしても一緒に送ってほしかったのだ。

私は目を閉じ、頬を撫でるやわらかな湯気の温もりを感じながら、始まった読経の声に耳を澄ませた。

こんなに早くにサヨナラをすることになってしまって、赤ちゃんを抱かせることもできなくて、ごめんなさい、許してください。私がしっかり子供を育てます。あなたは安心して、私に任せて……。

どこからか、そんな優しい声が聞こえたような気がした。

第二話　降誕祭のプレゼント

仕事の後の、ミルクたっぷりのコーヒーは格別だ。

同じように淹れているのに、陽子さんのコーヒーは少し違う。豆の量を微妙に変えているそうだが、その塩梅は秘密だと言うし、ポーションミルクではなく、小さいパックの牛乳を冷蔵庫にストックしてくれているのも素晴らしい。もっとも、牛乳を使うのは陽子さんと私くらいのものだ。

そもそも、コーヒーメーカーで落とすコーヒーの味に、そう差異があるのかと訊かれれば疑問だが、陽子さんは〝愛情〟が違うと言う。打ち合わせや外現場の仕事で、出入りが激しい葬祭部の社員たちのために、熱いコーヒーや、夏には冷たい麦茶を欠かさず用意する。坂東会館の母親的な存在が陽子さんだった。

告別式の後、式場の掃除を終えた私と陽子さんは、事務所でダラダラと話をしていた。

もちろんタイムカードは切ってある。明日は友引で、今夜は通夜の予定がない。事務所にものんびりとした雰囲気が漂っていた。

午後五時になろうとする頃、打ち合わせに行っていた椎名（しいな）さんが戻ってきた。坂東会館の葬祭部の社員では一番の若手である。十二月も半ばを過ぎ、外の寒さが厳しいのか、椎名さんの頬が子供のようにうっすらと赤くなっていておかしかった。

「クリスマス・イヴの僕の通夜、赤坂さんと清水さんも手伝ってくれる？」

入ってくるなり、目ざとく私と陽子さんを見つけた椎名さんは声をかけてきた。

言われてみれば、クリスマス直前だった。式場のホールスタッフは女性しかおらず、イヴの夜に休みを取られてはまずいと思ったのだろう。

「椎名さん、今年もイヴのお通夜に当たったんですか？　ついてないですねぇ」

陽子さんが笑った。

椎名さんは壁の大きなホワイトボードに向かい、担当する式の予定を書き込んでいる。今日以降五日間の予定が、二階、三階、四階の式場ごとに書き入れられるようになったものだ。

二十四日の三階の欄に「三好家」と書くと、自分の名前が貼られたマグネットをその横に置いた。このボードを見れば、一目で坂東会館各階の稼働状況が見て取れる。

「当たったというより、毎年押し付けられている気がするけどね」

椎名さんはため息をつきながら、椅子に座った。

「下っ端はつらいですねぇ。大丈夫。デートの相手なんていませんから、今年もお付き合いしますよ。ここでお経を聞くのが恒例行事です」

要するにふたりとも、毎年ここでクリスマスを過ごしているわけだ。

「清水さんも大丈夫？」

椎名さんがくるりと椅子をまわし、期待に目を輝かせて私を見た。

「もちろんお付き合いします」

「よかった。たいして大きな式ではないから、ふたりがいてくれれば安心だよ。終わったら一緒にケーキでも食べよう」

「キャンドルには事欠かないですしね」

「ここにあるのはキャンドルじゃなくてロウソクだろ？」

「同じですよ。白いだけで」

お互いに三十歳目前という椎名さんと陽子さんは仲がよく、こんなやりとりも日常茶飯事である。

ホワイトボードの二十四日の余白に、ホールスタッフとして陽子さんと私の名前を書き込んだ椎名さんは、駐車場に目をやった。

「漆原さんが帰ってきたよ」

つられて私もそちらを見てしまった。柳沢玲子さんの式からもうひと月近く経ってい
るが、その後、漆原には会っていなかった。

「漆原さん、あまり見かけないですよね。外の現場が多いんですか?」

ご遺族の要望で、自宅や寺、町の集会所などで行う式もそう珍しくはない。いつも坂東会館にいる私とは、一緒になる機会がないのも当然かもしれない。

陽子さんと椎名さんが顔を見合わせた。

「漆原さんは外部の人だからね。三年くらい前に坂東会館から独立したんだよ」

てっきり坂東会館の葬祭部に所属していると思い込んでいた。三年前ならば、私がアルバイトを始めた頃だ。すでに独立していたのなら、週に数日しか来ない私と会わないのも不思議はなかった。

「独立はそう珍しくもないよ。でも、漆原さんが担当する式は、ほとんど坂東社長がまわしているみたいだし、支店的な感覚かな。外の現場も多いけど、ここにもわりと

顔を出しているよ」

「もともと社長から頼まれた、少し特殊な仕事をしていましたもんね。社長のお気に入りってやつですかね」

そういう話は、普段からホールスタッフとして常駐している女性陣のほうが詳しいようで、陽子さんも口を挟んだ。

「そうだね。でも、ああいう葬儀はやっぱり漆原さんしかできないと思うなぁ。というか、僕は苦手だな。漆原さんって僕にとっては尊敬する先輩なんだよね」

「そうですねぇ、完璧にこなしますからね」

椎名さんと陽子さんはふたりで頷き合っている。

「どんな仕事ですか？」

私は無意識に身を乗り出していた。

「案外、美空と同類かもよ」

一般的に霊感が強いと言われる私の体質を、なんとなく理解している陽子さんが肩をすくめてみせる。

「漆原さんも？」

そこで陽子さんが遮った。「漆原さんのご帰還よ」

ドアが開き、いくつかの空の段ボールを抱えた漆原が入ってきた。私たちは先ほどの会話などなかったかのように「お疲れ様です」と声をそろえる。

「お疲れ様」

漆原は段ボールを下ろすと、横目で私たちを一瞥（いちべつ）し、冷ややかに言った。

「なんだ、まだ残っているのか。友引前くらい早く帰ったらいいのに、ヒマな奴（やつ）らだな」

「相変わらずひどい人だな。僕だって打ち合わせから帰ってきたところです。おまけに今夜は宿直です。漆原さんは現場帰りですか」

少しむっとしたように椎名さんが応じた。

「そうだ。現場を終えて、家に後飾りをして、精算まですませてきたところだ。おたくの社長は面倒な仕事ばかり押し付けるからな。報告をしてくる。いるか？」

忙しさをアピールするかのように、漆原は矢継ぎ早に言った。

「いますよ。社長室です」

陽子さんが事務所の奥を示す。

「赤坂さん、俺にも熱いコーヒーを淹れておいてくれ。現場が寺だったから冷え切った」

「はいはい。漆原さんのために熱々のコーヒーを淹れておきます」

漆原はふんと鼻で笑うと、奥の扉へと消えた。ふわりと線香の香りが通り過ぎた。

ドアが閉まったのを確認し、私たちはなんとなくほっと肩の力を抜いた。漆原との会話は、聞いているだけでもヒヤヒヤする。

「漆原さんはいつもあんな態度なんですか？　式の時やご遺族の前とはまるで別人ですね」

椎名さんと陽子さんは顔を見合わせて笑った。

「やっぱり美空も気がついた？　印象が大切な仕事だからって猫を被っているの。本性は当然、今の漆原さん。いつも、仕事の時みたいに穏やかで優しければ言うことないのにね」

陽子さんが言うと、椎名さんも笑いをかみ殺しながら同意した。

「みんなこのギャップに驚くよね。仕事の時は僕たちにも丁寧に話すし、現場スタッフにも細やかに気を遣って、人当たりのいい担当者になっている。空気を読んでうまく溶けこむんだよね」

そういうのを小賢しいというのではないだろうか。

「ある意味、漆原さんが心を許しているからこそ、冷たくあしらわれるんだよ。そう思えば喜んでいいんじゃない？　慣れてくると、あの厳しさが逆に気持ちいいんだよね」

「そうだよ、美空。ああいう人だと分かっていれば、何を言われても全く平気。むしろ会話が楽しくなる」

陽子さんもまだ笑いが収まらない様子で、コーヒーメーカーに新しい豆をセットしている。

ふたりとも完全に漆原に毒されていると思ったが、私もその仕事ぶりを知っているだけに否定はできなかった。

熱いコーヒーをと言ったくせに、漆原は三十分経っても社長室から出てこなかった。

私たちは再び他愛（たわい）のない話を続けていたが、外もすっかり暗くなり、陽子さんが「お腹（なか）が空（す）いたし、そろそろ帰ろうかな」と言い出した。そうなると、私だけ残っているのも不自然である。宿直の椎名さんを残して帰ることにした。

たとえ真夜中だろうと、どこかで人が亡くなれば連絡が入る。ドライアイスを持って駆け付けたり、病院までご遺体を引き取りに行ったりしなければならない。葬儀屋というのもなかなかに大変な仕事だ。

「コーヒーは保温してあるから、漆原さんが出てきたら淹れてあげてね。よろしく、椎名さん」

「はいよ。お疲れ様」

椎名さんは打ち合わせをした葬儀の見積書の作成に没頭していたが、視線だけ上げると、笑顔で見送ってくれた。

「椎名は最初の頃、漆原さんとコンビを組んでいたんだよ。見習い修業みたいなものかな。先輩と行動して仕事を学ぶってやつ。だから今も頭が上がらないんだよ」

坂東会館を出て、駅へ続くゆるやかな坂道を並んで歩きながら陽子さんが教えてくれた。本人のいないところでは親しみを込めて「椎名」と呼び捨てにする。

「だから尊敬する先輩って言っていたんですね」

「ずっと一緒に現場を回っていたからね。今では椎名も立派にひとり立ちしたけど、最初の頃は緊張しすぎて、こっちがハラハラさせられたよ。そのたびに漆原さんにダメ出しされていたなぁ。あの人、仕事には厳しいから」

仕事でなくても十分に厳しそうである。こっそりと漏らした私の苦笑には気づかず、陽子さんは「じゃあね」と手を振り、坂の上で別れた。陽子さんの家は坂東会館の近所だ。

すぐ横には、ライトアップされて、冬の星空のように冷たい光をまとったスカイツリーがそびえ立っている。展望デッキにも、足元の商業施設にも、多くの人々がひしめき合っているに違いなかった。ガラス面を多用したビルは、クリスマスを目前に控え、色鮮やかなイルミネーションで煌めいている。生まれ育ったこの街も大きく変わり、かつては想像もしなかったほどににぎやかになった。

吐き出した息は白く広がり、光に紛れて消える。私は吐息の向こうの、人の流れを見つめた。観光地なだけに、家族やカップルが楽しそうな笑顔を浮かべて通り過ぎていく。

この光景を見ると、いつも生者の世界に戻ってきたと思う。

坂東会館はすぐ近くなのに、この明るい世界とは全く違っていた。世間のにぎわいから隔絶された、厳かな別れの儀式を行う場所、つまり、非日常の世界なのだ。

式場全体に漂う、決して消えない悲しみの気配が私を取り巻いていて、常に体はピリピリと緊張していた。陽子さんはひっそりとして線香の煙が漂う、非日常的な雰囲気が好きだと言っているが、私のように〝気〟に敏感ではないからだろう。

それでも私は坂東会館での仕事が好きだった。

どんな人でも、生まれてきたからには、いつかは死んでいく。どれだけ医療が進歩したとしても、人間には必ず終わりがある。残された人たちは死者を悼み、悲しみ、そして見送り、時に生について考える。

連綿と続く人間の悲しみの感情は、時代も何も関係なく、ずっと同じようにこれからも変わらないだろう。そんな人間の根幹的な部分を受け止める空間が坂東会館だった。

たくさんの人々の、最後の大切な時間に関わることが、私にはとても崇高なことに思えていた。

「きれいだねぇ」

私はもう一度スカイツリーを見上げ、誰にともなく呟いた。子供の頃には、影も形もなかったものが、今はこんなに堂々と威容を誇っている。

私は坂の上から振り返り、坂東会館の黒いシルエットを見つめた。今夜は通夜がないため、看板の照明は消されている。様々な光に照らされた東京の明るい夜空の下、たくさんの別れの思いを詰め込んだ黒い箱が、ただひっそりとうずくまっていた。

街を歩けばどこからともなくクリスマスソングが聞こえてくる。

世間がどれだけ浮かれていようが、その夜も坂東会館には二件の通夜が入っていた。

私は昼間の告別式を担当したパートさんと交替して、午後四時からのシフトになっていた。業者や、早く到着した遠方の親族などで、すでにざわめいている。

制服に着替えてから事務所に行くと、陽子さんに「社長が呼んでいるよ」と言われた。

坂東社長は父親の友人だが、私自身は特に親しいわけではなく、事務所で見かけた時に挨拶をする程度だ。呼ばれたのは初めてのことで、緊張しながら社長室に入った。

「清水さん、いつもご苦労様。呼び出して悪かったね」

温厚そうな社長に微笑まれたが、どう応えていいのか分からず、「いつも父がお世話になっています」などと言って、盛大に笑われてしまった。

「来てもらったのは仕事の相談だ。漆原君を知っているかい」

突然出た名前に驚いた。

「はい。先日、お手伝いをしました」

「そうかね。彼は正式にはここの社員ではないのだが、今度の葬儀にぜひ君を貸してほしいと要望があってね。仕事自体は、僕が彼に振ったものだから、協力してもらえるとありがたい。手伝ってもらえるだろうか」

「漆原さんが、私をと言ったのですか」

さらに驚いて、思わず訊き返してしまった。社長は大きく頷いた。

「清水さんを付けてほしいと言っていたよ。外の現場だから、君の意思を確認したくてね」

「構いませんけど……」

どうして私なのだろう。外現場に誰かひとりを連れていくのだったら、陽子さんや他の女性スタッフなど、私よりもベテランがたくさんいるというのに。

「それはよかった。明日、二十四日の通夜と翌日の告別式だ。後で漆原君も来るから、細かいことは直接彼と話をしてくれるかい」

日にちを聞いてまずいと思った。明日は椎名さんの仕事を頼まれていたではないか。

「社長。せっかくですが、二十四日は椎名さんのお通夜に出ることになっていまして……」

「椎名君か。ここの三階で、身内だけの式だったね」

社長の頭には、式の日程や規模などが入っているようだ。

「大丈夫。ここの式なら他のスタッフを手配するよ。椎名君には謝っておく。だから君は漆原君のほうを頼むよ」

「……はい。そういうことでしたら、よろしくお願いします」

社長命令なら、椎名さんも文句は言えないだろう。私からも謝るしかない。

今夜の通夜の準備もあるので、頭を下げて社長室を出ようとすると、「清水さん」と呼び止められた。

「頑張ってくれているようだね。君がいれば安心できると担当者たちも言っている。ありがたいことだよ。さすが清水のお嬢さんだね。今度、お父上にもお礼を言っておかないといけないな」

思いがけない社長の言葉に、自然に笑みがこぼれた。

漆原に選ばれた、そう思うとなぜか浮かれたような気持ちになり、早く陽子さんに話したくてたまらなくなった。残念ながら別の式場だったので、一般の会葬者があらかた帰り、親族がお清め会場に入って落ち着いた頃、こっそり会いに行った。

陽子さんは祭壇前で、焼香鉢の中の灰の掃除をしているところだった。灰を振るい、燃え残った線香をかたづけるのだ。

「美空。もう落ち着いたの？」

「はい、私のほうはご遺族もご近所なので、この後お帰りになるそうです」

「こっちは今、担当さんが宿泊人数を確認している。遠くからいらした親族がいるから、お泊まりは確実かな。お風呂の準備もしておかなきゃ」

　坂東会館は遺族の宿泊も受け入れている。宿泊者があればレンタルの寝具を手配したり、料理部に朝食を依頼したりとやらなければならないことが増えていく。

　まっさらな灰が平らになったのを満足そうに見た陽子さんは、声を潜めて訊いてきた。

「社長、なんだったの？」

　社長室から出た時、彼女はすでに二階の式場に行ってしまっていたのだ。

「気になって仕事も手に付かなかったよ」

　陽子さんはおどけて言うが、彼女が決して仕事に手を抜かないことはよく知っていた。

「漆原さんの式を手伝うように言われました」

　陽子さんは、もともと大きな目をさらに見開いて私を見た。その表情に、高揚した気持ちが急速にしぼみ、少しの不安が芽生え始める。

「そんなに驚くようなことですか？」

「違う、違う。いよいよ美空の才能が買われたんだと思って……」

「才能？」

「霊感って言うのかな。私には全然ないから分からないけど、美空は時々感じているんでしょう。ここでも気配とか」

「時々ですけど……。それが漆原さんの仕事と関係があるんですか」

「そうかなって思っただけだよ。漆原さんは、何もかもひとりでやっているから大変なんじゃないかな。坂東の式場を使えばスタッフもセットで付いてくるけど、外現場だとそうもいかないしね。美空は頼りになるし、気にいられたんだよ」

取り繕うように言う陽子さんが、どこかうさんくさい。ごまかそうとしているのが見え見えである。引き受けたことが軽はずみだったのではないかと、ますます不安になってきた。

急激に元気を失くした私に気づいた陽子さんが、励ますように微笑んだ。

「漆原さん、素敵だし、勉強になるから、そう不安がらずやっておいでよ」

先輩よろしく私の肩をポンと叩く。

渋々顔を上げた私の気持ちをさらに盛り上げようと、陽子さんが続ける。

「ほら、顔がいいとか、そういうのじゃなくて、たたずまいがね。私、昔から漆原さんの式に入る時はラッキーって思っていたんだ」

「陽子さん、黒いスーツの似合う人が大好きですもんね」

「えへへ」

いつしか脱線して女子トークで盛り上がってしまったが、肝心なことを忘れていた。

「漆原さんの仕事は、明日のクリスマス・イヴなんです。椎名さんのお通夜を一緒にやるって言っていたのに、すみません」

私が頭を下げると、陽子さんは心から残念そうに肩を落とした。

「三人でケーキを食べるのを楽しみにしていたのになぁ」

仕事よりもケーキのことを考えていたのかと、おかしくなった。

「社長が代わりのスタッフを手配してくれるそうです」

「イヴだよ？　もう明日だし、若い子はみんな予定があるだろうな。来るのはきっと、パートのオバチャンだよ。つまんないなぁ。椎名もがっかりするだろうな」

陽子さんは子供のように口を尖らせた。

「本当にごめんなさい。椎名さんには私も謝っておきます」

「仕方がないよ。椎名も漆原さんには逆らえないから、文句は言わない」

陽子さんは残念がっていたくせに、力強くウィンクをしてみせた。

担当していた式場の遺族が引き上げると、同じ学生バイトの藤木と手分けをしてさっさと掃除を終わらせ、事務所へと戻った。藤木は課題が残っていると言って、タイムカードを押すと急いで帰ってしまった。陽子さんはまだ戻ってきていなかった。

事務所には今回のそれぞれの式の担当者と椎名さん、そして漆原が残っていた。

椎名さんがすぐに私に気づいた。

「お疲れ様、清水さん。聞いたよ。イヴ。僕を振って、漆原さんを選んだんだってね」

言い終わらないうちに、漆原が椎名さんの頭にげんこつを落とした。

「変な言い方をするな。社長から筋は通してある」

「痛いなぁ。分かっていますよ。冗談が通じない人だな」

「漆原君は相変わらずだな。椎名はいつまでたってもかなわないね」

給湯スペースの換気扇の下で、煙草(タバコ)を吸っていた二階の担当者、宮崎(みやざき)さんが声を上げて笑った。ゴルフが好きで、真っ黒に日焼けをしている。

「よかったな、椎名。また構ってもらえて。漆原が独立するって言った時は、相当落ち込んでいたもんなぁ」

三階の担当であるベテランの青田(あおた)さんが言うと、煙を吐き出した宮崎さんがすかさず同意する。

「そうそう、飼い主に捨てられた子犬みたいだった」

「お前、犬だったのか」

漆原が憐れむように椎名さんを見る。

「ものの例えですよ。あんなに落ち込んだのに、結局、漆原さんはしょっちゅうここに顔を出すし、さびしがって損をしました」

こういうやりとりを聞いているのは楽しい。

葬儀という仕事では、失敗が許されない緊張感に常にさらされているため、終わった後の和やかに緩んだ空気が、何よりも心地よく感じられるのだ。それは私以上に彼らのほうが感じていることだと思う。

依頼した遺族にとって、たった一度きりの大切な儀式を行うのが彼らである。決して安くはないその費用に見合うかどうかは、式がいかにスムーズに行われたかは言うまでもなく、細やかな気遣いができているかなど、働きぶりによって厳しく評価されてしまう。少しでも遺族の意向に沿えていなければ、大きなクレームになってしまう場合もある。特に坂東会館のように、狭い地域社会の中で機能している式場では、ひとつの失敗は会社全体のダメージにもなりかねないのだった。

漆原が立ち上がって給湯スペースのほうへ行く。

「煙草ですか」と訊くと、宮崎さんと入れ違いに換気扇の下に陣取った青田さんが、ライターをカチリとやりながら「こいつはやらないよ」と、咥え煙草で器用に言った。

「健康を害することに興味はありません。正直に言うと、においが付くのも嫌です」

漆原はコーヒーをカップに注ぎながら、ベテランの青田さんの前で堂々と言い放った。

口調は丁寧だが、内容的にはその丁寧さが全く意味をなしていない。

「やっぱり漆原さんにはかなわないなぁ」

椎名さんがしみじみと呟き、全員が笑った。

ひとりだけ生真面目な顔の漆原は、淹れたばかりのカップを私に差し出した。

すかさず椎名さんが「珍しいこともあるものですね」と冷やかす。

「仕事を引き受けてくれた礼だ。これくらいは俺でもする」

漆原は冷たい一瞥を椎名さんに送ってから、私に向き直った。

「急ですまなかったが、助かった」

「私で務まるのか不安ですが……」

カップをありがたく受け取り、正直に言った。

「この前の仕事ぶりを見て、君に頼んだんだ」

「社長におねだりしたくせに」

椎名さんが懲りずに言い、漆原に睨まれる。

「椎名、そんな言い方をすると、清水さんがいろいろと誤解をしてしまうだろう。漆原君はうちの外部組織みたいなものだ。社長にもの申す権利があるんだよ。今回の仕事だって社長が依頼したものなんだろう？」

やりとりを見ていた宮崎さんが、笑いながら口を挟んだ。

「本来はちゃんと独立したいんですけどね」

そっけなく応えた漆原に、今度は青田さんが、「それは困る」と真剣に訴えた。

漆原はどう見ても三十代半ばだ。年齢的にはずっとベテランのこのふたりにも一目置かれているようだが、その理由が今ひとつ分からない。

「さて、明日の式の説明をしようか」

「お願いします。外現場と聞いていますが、どこに行けばいいんでしょう」

私のようなホールスタッフは、基本的にこの坂東会館で行われる式でしか仕事をしない。寺、自宅、斎場、他のホールなどに出向いて、案内や配膳の仕事をする、派遣のような事務所に所属している同業者もいるが、私は知らない場所で仕事をすることは初めてで、不安でしかない。

「会場は寺だ。葬家の菩提寺でやることになった。ご遺体は昨日納棺をすませたが、当日まで自宅に置くことになっている。心配しなくても明日はここまで迎えにくる。坂東会館の制服で構わない」

淡々と説明する漆原に宮崎さんが口を挟んだ。

「遺体は自宅か。この式が入ったのは一昨日だろう？　最近はさっさと式場に預ける遺族が多いのに珍しいな。寺に霊安室がなくても、ここで預かることだってできたはずだ。まだ空きがあったぞ」

「ご遺族の意向です。今日もドライアイスの追加に行ってきました」

「ご遺族は、よっぽど離れたくないんでしょうね」

私が思ったままに何気なく言うと、漆原が頷いた。

「そうだ。だから君なんだよ」

「え？」

私は首をかしげたが、なぜかそれからは、椎名さんもベテランのふたりもいっさい口を挟んでこなかった。なんとなく納得したように、それぞれが自分の残務に黙々と取り組んでいる。急に事務所が静かになった。

「漆原さん、明日は何時に来たらいいですか」

「準備から手伝ってもらいたいので昼前がいい。十一時でどうだ？　ここで昼間の告別式の頭数に入っているか？」

「いいえ。昼間はパートさんが出勤できるので、もともとお通夜だけの予定でした」

「それならば問題はないな。移動時間も勤務に含めていいと社長が言っていた。ここでタイムカードを押してから出ればいい」

「はい。よろしくお願いします」

「明日は慣れない外現場だ。正直、きついと思うぞ。もう帰ってゆっくり休んでおけ」

　有無を言わさぬ漆原の語気に圧倒され、私は事務所を後にした。

　言われた通りに急いで帰宅し、夕食もそこそこに風呂に浸かった。鼻先までお湯に沈みながら、自分の気持ちが高揚しているのを感じていた。社長に褒められ、外現場での不安よりも、喜びのほうが大きいようだ。

　ゆっくりと入浴してすぐに眠るつもりだったはずが、興奮のためにいつまでも目が冴えていて、結局ろくに眠れないまま目覚まし時計に起こされた。

　ぼんやりとした頭の中には、昨夜の高揚感とは逆に、漆原の期待に応えられるかという不安な気持ちだけがあった。明け方にぼんやりと姉の夢を見たような気もする。

追い打ちをかけるように、天気までも最悪だった。いつもはカーテンを透かして朝日が差し込む部屋は、夕方のように薄暗い。外を見ると、案の定、厚い雲が空を覆っていた。重そうな暗い雲からは、今にも雨の粒が落ちてきそうだった。

（クリスマス・イヴだというのに……）

世の中には今日を楽しみにしている人々が多いだろうにと、他人事ながら同情した。

坂東会館に着く頃、ポツポツと雨が降り出した。

すぐに本降りとなり、わずかな地表の温もりを洗い流してしまう。冷たい風は雪のにおいを感じさせ、このままますます寒くなりそうな気配がした。

だいぶ早めに着いてしまったと思ったが、駐車場には漆原の車があった。マツダの黒いSUVだ。それを横目で見て事務所に入った。

「おはようございます」

「おはよう。今日はよろしく」

漆原が立ち上がってわざわざ頭を下げた。驚いたが、普段の横柄な態度とは違い、仕事上での礼儀はしっかりするタイプのようだ。私も恐縮して頭を下げた。

「では、少し早いが行こう。二階の告別式の出棺と重なる時間だしな」

漆原は急かすようにさっさと立って事務所を出ていく。

表に出ると、ちょうど霊柩車とハイヤー、マイクロバスが駐車場に入ろうとしていた。

交通整理のスタッフの吐く息は白く、雨合羽もびっしょりで水が滴っている。道路にも駐車場にも雨水の流れができていた。こんな日の葬儀も通夜も気の毒だとしか思えない。

「この季節の雨は嫌だね、寒さがいや増す」

漆原はエンジンをかけるとワイパーを動かし、雨の粒を払い落とした。

私は無意味に緊張して助手席で体を固くする。なかなか空調が効かず、制服の上にコートを羽織ったままでも寒かった。

「お寺はどちらなんですか」

車が走り出すと、私はようやく口を開いた。

「光照寺。里見のところだ」

江東区の光照寺は清澄白河の駅にも近いはずだ。ここ押上からもそう距離はなかった。もちろん行ったことはないが、知っている寺の名前が出ただけで安心できた。

「里見和尚ですか？　それとも、この前の息子さん……」

やけに明るく人懐っこい僧侶を思い出した。

「この前会った里見だ。不安か？」

ちょうど赤信号でブレーキを踏み、漆原がチラリと私の顔を見た。慌てて首を振る。

「とんでもないです。ただ、ちょっと想像がつかないだけで」

漆原は固く結んでいた唇を少し持ち上げた。分かりにくいが笑ったようだ。

「浮ついた男だが、僧侶としてはなんの問題もない。大丈夫だ」

「ご葬家は光照寺の檀家さんだって言っていましたね。和尚じゃなくて、息子さんのほうでいいんですか？」

「今回は適任だ」

理由は分からないが、漆原ははっきりと言い切った。

「この辺りはお寺が多い気がします。歴史の名残でしょうか。古い家も多いし、檀家制度もわりと残っているのかもしれませんね。私の家も代々、本所の辺りですし、今もおばあちゃんがしっかり仏壇を守っていますから、〝いつものお寺さん〟があるんですよ」

「そうか。それはいざって時も安心だな」

「縁起でもないことを言わないでください」

　それにしても、予想通り寡黙な男だった。話しかけたことには応えるものの、それも簡潔明瞭で、会話が続かない。いまだにどういう人物なのかつかめなかった。

　移動中にでも、「今日の式は事情がある」と、私を指名した理由を言い出すのではないかと身構えていたのだが、そんな気配は全くない。沈黙が苦手な私は、黙って前を見つめる男に果敢にも挑み続けた。

「お寺の式は初めてなんです。どのようにしたらいいでしょうか」

「いつも通りでいい。必要なことは俺が指示を出す。身内だけの小さな式だから、そう心配することはない。もうすぐだ」

　窓の外を見た。清澄通りからいつの間にかわき道に入っていて、細い道を走っていた。住宅地だが、あちこちに寺がある。

　漆原が車を停めたのは、その中でもひときわ大きな寺の前だった。堂々とした門には「光照寺」の文字が見える。

「駐車場まであるんですか。里見さん、こんなに立派なお寺から来てくれていたんですね」

　私が素直に驚いていると漆原に笑われた。

「かなり古い寺だと聞いている。檀家も相当あるみたいだ。もともと、広い土地を持っていたんだろうな。車は一番奥に停めるぞ。傘を持って降りろよ」

通夜も葬儀も業者や遺族、会葬者と、人の出入りが激しい。邪魔にならないようにとの配慮だろう。

「行くぞ」

「はい」

出発した時よりもいくぶん雨足が弱まっていたが、降り止む気配はなかった。

漆原は黒い傘を差し、慣れた足取りで母屋へと続く庭の玉砂利を進む。広い玄関の前の庇の下で傘を閉じると、呼び鈴を押した。

そう多くはないが庭には木が植えられ、それが雨に煙って水墨画のように辺りの風景に溶けこんでいる。こういう時だからかもしれないが、寒々としたさびしい風景に思えた。

木枠に磨りガラスのはまった引き戸が開き、顔を出したのは上品なたたずまいのご婦人だった。里見さんの母親に違いない。どこか似た雰囲気がある。

漆原が深々と腰を折って「今日明日とよろしくお願いします」と言うと、ご婦人も「こちらこそよろしくお願いいたします」と丁寧に返した。

その後で姿勢を正すと、奥へ向かって「道生さん」と呼んだ。

廊下の奥から朗らかな声が返ってくる。バタバタとせわしない足音が続き、里見さんが満面の笑みで登場した。走ってきたからか、少し息を切らしている。

「なんですか、道生さん。騒々しい」

母親に窘められ、里見さんは照れたように笑った。

「また清水さんに会えるのかと思ったら嬉しくってね。待ち切れなかったんだ」

漆原はあきれたように小さくため息をついた。

この登場に緊張も吹き飛び、呆然となった私に里見さんは微笑んだ。

「今回の式を勤めさせていただきます。よろしくね」

「もういい大人なのに、兄弟の中でも一番落ち着きがなくてお恥ずかしいですわ。漆原さん、よろしくお願いいたします」

母親が末っ子を見ながら苦笑し、漆原に頭を下げた。

「こちらこそ、よろしくお願いします」

漆原は真面目な顔で神妙に頷いた。里見さんだけは春風のように相変わらずにこにこと穏やかだ。

「ホールの鍵を貸していただけますか？　十二時には、生花部も到着して祭壇の準備を始めます」

「ご遺族の控室はいつも通り、母屋のお座敷でよろしいわね。お茶の準備をしておきますわ。お湯呑み(ゆの)はいくつあればよろしいかしら」

「いつもありがとうございます。ご親族も含めて、十五個もあれば足りるかと」

「承知しました。どうぞ、準備には道生さんも使ってくださいな」

「遠慮なくお借りします」

先ほどは気づかなかったが、駐車場に隣接する形で光照寺ホールという、ちょっとした集会所のような建物があり、そこが今回の式場となるようだ。母屋からも渡り廊下でつながっている。雨も降っているため、私たちは渡り廊下を通ってホールに行き、内側から鍵を開けた。式場と玄関だけのシンプルな造りだ。

漆原が先頭に立って歩き、照明を全て点(つ)けてまわる。その後ろにしずしずと里見さんが付いていく。ちょっと面白い眺めだった。

「漆原、やっぱり彼女、本物だっただろう」

後ろから里見さんが話しかけた。自分のことを言われているようで気になってしまう。

「そうだな」

「心強いね」

「余計な話はあとだ。ほら、花屋の車が着いたぞ。自分の家なんだから、使う道具は自分でそろえろよ」

「相変わらず人使いが荒いなぁ。ところで、ご遺体はいつ着くの？」

「後で迎えに行く。納棺済みだから坂東の霊柩車を手配した。一時にここに来る。ご遺族より一足先に到着だ」

　里見さんの顔が少し曇った。

「そう。十分に別れを惜しんだかな」

「なかなか難しいだろうな……」

　里見さんはすでに漆原から葬家の状況を聞かされているようだった。ふたりの話に入れず、のけ者にされたような気分になるが、単なるアルバイトでは仕方がないのだろう。

「今回の式は、何かご事情でもあるのでしょうか」

　恐る恐る訊くと、漆原はすぐに目を逸らし、私を玄関へと促しながら早口に言う。

「事情も何もない。いつも通り亡くなった方を送る。それだけだ。車に荷物を取りに行くから、一緒に来てくれ」

　生花部のスタッフが、トラックから次々に花を運び出している。

坂東会館で顔なじみになった人を見かけ、嬉しくなった。こんなに安心感があるのは、初めての場所に連れてこられて、心細かったということなのだろう。

運び込まれた花に目をやると、白い菊の花に交じって、淡いピンクやイエローの洋花もある。祭壇の規模の割に花は多く、どちらかというと明るい色調にそろえられていた。

そのふんわりとした色合いから、若い人か、女性の式ではないかと見当をつける。

私は言われるままに、漆原の車の荷室から家紋の入った提灯(ちょうちん)や、記帳に使う文具の入った箱を運んだ。

こうして式場のセッティングをするのは嫌いではない。大切なことを行うための準備だ。多くの人の手を経て、ひとつの式がようやく完成する。

漆原はしばらく目を細めて祭壇を見つめていた。出来栄えを確認しているのだ。供花の木札のバランスや角度など、細かくチェックしている。

祭壇は、和花、洋花をたっぷりと使った花祭壇だった。先ほどまで無機質だったホールに花の香り、特に凛(りん)とした菊の香りが漂い、儀式の空間へと変わった。あとは棺(ひつぎ)の到着を待つだけだ。

生花部のトラックが帰るのと入れ違いに、霊柩車が入ってきた。

漆原は一度目を閉じると、すぐに私と里見さんに向き直った。

「では、お迎えに行ってきます」

「よろしくお願いします」

私は頭を下げ、里見さんは「待っているよ」とにこやかに送り出した。

漆原が出ていってしまうと、取り残されたように所在なく立ち尽くすしかなかった。

初めて訪れた式場で、私が気を利かせてできる仕事など何もなさそうだ。特に親しくもない里見さんとふたりきりというのも気まずい。

雨はまだ降り続いており、しんとしたホールには、さぁさぁと小雨が屋根や窓を撫でていく音が響くだけだった。

「清水さん、漆原が戻ってくるまで三十分はかかるから、今のうちにお昼でも食べようか」

ふいに里見さんが言った。

「でも、漆原さんは？」

「あいつ、仕事の時は食べないみたいだから平気だよ」

さらりと言って、相変わらずにこにこと微笑みを絶やさない。「ちょっと待っていて」と渡り廊下のほうへ行ってしまった。

言われてみれば少し空腹を感じた。今を逃すと、通夜が終わる九時過ぎまで、何も食べられそうにない。夜までの仕事だというのに、昼食のことなど何も考えていなかった。

しばらくすると里見さんが戻ってきた。両手で持ったおぼんの上には、おにぎりと玉子焼き、魔法瓶が載っている。

「簡単なものだけど、母上の手作り。なかなか美味しいよ」

椅子の上におぼんを置くと、魔法瓶から温かいお茶を注いでくれた。私たちは並んでおにぎりを頬張る。まだにぎりたてで温かい。式場の準備をしている間に用意してくれていたのだろう。

「心配しなくても、漆原の分も作ってくれているよ。でもね、あいつは終わるまで、絶対に食べないんだ。満腹になると集中力がおろそかになるんだって。変な奴だよね」

醤油味のおかかを混ぜ込んだおにぎりは、ふんわりと胡麻油の風味がして、中にはチーズが入っていた。お米の熱でそれが柔らかくとろけている。ちょっとした感動を覚え、「美味しいです」と笑顔になっていた。

「そうでしょう」

　里見さんは嬉しそうに頷いた。

　我が家の母親の作るぎゅっとにぎったものと違い、ほろほろとお米がほぐれるようなおにぎりのおかげで、緊張もいつしか解けていた。

　里見さんには、人を惹きつける快活さがあるのは初対面の時から感じていた。やわらかな雰囲気に甘えて、つい気になっていたことを訊いてしまった。

「里見さんと漆原さんは仲がいいんですね」

「長い付き合いだからね。大学が一緒だったんだ。僕は仏教学科で、あいつは哲学科。まさか葬儀屋になるとは思っていなかったけど、意外と向いていたな」

「お友達だったんですか。里見さんはお坊様なのに、どうして漆原さんはあんなに失礼な態度なのか、ずっと疑問だったんです。ようやく納得しました」

「あいつは誰にだって失礼だよね」里見さんは苦笑した。「ところで清水さんは、漆原にスカウトされたの？」

「スカウトというか、手伝ってほしいと頼まれたんです。ひとりでやっていると、なにかと大変みたいですよ」

「よく言うよ。聞いたよ、この前の件」

「荷物のことですか」

「そう」

「あれはたまたま……」

「大丈夫。僕も漆原も、そういうのに理解あるから」

里見さんはまっすぐに私を見て、にっこりと笑った。それで全てを理解した。

「……漆原さんも、見えるんですか」

本人には訊きづらいことも、この僧侶になら訊きやすい。

「いや、あいつは全く見えも感じもしないよ。でも、空気を読むのはうまいかな。僕が感じたことを、僕よりもずっと理解して、相手に伝えてくれる。あいつの才能だね」

「里見さんは、見えるんでしたよね」

「うん。そこにいるっていうぐらい、はっきり分かる。すぐに清水さんが持っているものにも気づいたよ。誰？ ずいぶんとかわいらしいね」

やはり気づいていたのだ。だったら何も隠すことはない。

「私が生まれる前に亡くなった姉みたいです。自分では見えませんが、夢によく出てきます。姉の夢を見た時は、決まって不思議な目にあうので、ずっと嫌だったんです。私としては、〝気〟に敏感なだけだって思っているんですけど、やっぱり姉のせいですよね」

「お姉さんがそういうものから守ろうと、知らせてくれているのかもしれないね。怖い？　それとも、普通の人と違うのが嫌なのかな。見えたこと、感じたこと、そのまま受け止めればいいと思うよ。お姉さんが付いているなんて、心強くて羨ましいけどね」

　里見さんは全てに肯定的だった。

「子供の時、友達に話して、怖がられました。それ以来、隠してきました」

「つらかったね。でも、僕らの間ではこれが普通だから、もう他人を気にすることないよ」

「私も、里見さんや漆原さんと出会って、少しずつ考えが変わった気がします」

　そう言うと、里見さんは微笑んで頷いた。

　今になってようやく理解した。玲子さんの荷物を受け取って途方に暮れていた時に、漆原と話して安心感を覚えたのは、あの現象を否定せず、ごく自然に受け入れてくれたからだったのだ。

「里見さん……」

「なに？」

「今回、漆原さんが私を指名したのはもしかして……」

「たぶんね」

　夕方のように薄暗い外の雨空とは対照的に、里見さんはまるで太陽のようににっこりと笑った。いや、決して彼の頭がきれいに剃られているからというのではない。無表情な漆原とは違って、常に明るい雰囲気をまとう里見さんは、笑顔がよく似合うのだった。

　今回も普通の式ではないという予感が的中したようだ。何度訊いても、漆原が亡くなった方のことを教えてくれなかったのもそのせいだろう。

「ほら、漆原が帰ってきたよ」

　おぼんをかたづけるために立ち上がった里見さんが、駐車場に入ってきた車に気づいた。

　いよいよご遺体の到着だ。

「大丈夫。清水さんにはいいものが付いているから」

　いくら姉が付いていると言っても、私の力が何の役に立つというのだろうか。不安しかないが、ここまできたら覚悟を決めるしかなかった。

　私は急いで傘を持って表へ出た。ゆっくりとバックしてくる霊柩車を玄関の正面で待ち構える。先ほどよりも空気が冷えていて、吐く息が白かった。しかし、寒さよりも緊張感で頬が強張る(こわば)のも感じていた。

停車した霊柩車の助手席から漆原が姿を見せると、そっと傘を差しかけた。そのまま一緒に車の後ろに向かい、漆原が扉を開く。黒い車体は見事に雨の粒をはじき、水滴が転がるように地面に落ちた。

霊柩車の運転手は、坂東会館でも何度か顔を合わせている西崎(にしざき)さんだった。運転席から降りてきて漆原を手伝い、ゆっくりと棺を引き出していく。

壮年の彼もまた黒いスーツ姿だ。私に気づくと、おやという顔をした。その後で何とも言えない表情になり、そっと目を伏せた理由がすぐに分かった。ふたりが大事そうに持つ棺があまりにも小さかったからだ。棺の中に眠るのは、子供だった。

私はしばらく傘を閉じるのも忘れ、呆然と小さな棺を見つめていた。その間に、ふたりは玄関に用意しておいた舟と呼ばれる棺用の台車に丁寧に棺を下ろした。その役目を終えると西崎さんはすぐに帰ってしまい、漆原はそれを見送ると、玄関の庇の下で傘を差し続けている私を一瞥した。

「何をぼうっとしている。行くぞ」

私は慌てて傘を閉じた。

漆原は黙って舟を押し、祭壇の前に棺を安置すると、自分の車から持ってきた遺影を祭壇に置いた。ほの白い照明に浮かび上がったのは、小学校にも上がっていないだろう、あどけない笑顔の女の子だった。

「ご遺影、私に見せないようにしていましたね」

「こんなに小さな子供だ。先に見せたら、また共感してしまうかもしれないと思ったからな」

前回、私が喪主の男性の悲しみに影響を受け、具合が悪くなったことを気にしたようだ。

「写真くらいなら大丈夫です」

「そうか」

母屋から戻ってきた里見さんも小さな棺と遺影に目をやった。いつもの笑顔はなく、沈鬱な表情だった。

「ご苦労様、漆原。ご遺族はどうだった?」

漆原は無言で、唇の端を少し上げただけだ。

私たちは祭壇の前に三人並んで、それぞれ線香を上げ、手を合わせた。

ゆるやかに煙が立ち上る中で、しばらくそのまま祭壇を見つめていた。

「ぎりぎりまで自宅で一緒に過ごしたいという、ご遺族の気持ちも分かりますね。こんなにかわいい盛りの子供を亡くしたら、ご両親もさぞおつらいでしょうね」

「遺体を式場に安置するなど、想像もできないって感じだった。もっとも、生まれた時から疾患があって、入院も長かったそうだ。その分も家で一緒に過ごしたかったんだろうな」

「それでも、子供ってこんなに無邪気にかわいく笑えるんですね」

遺影の無垢（むく）な笑顔が逆に痛々しい。自分が病気だということも、生きるということも死ぬということも、何もかも分からないまま、亡くなってしまったのかもしれない。

「母親は、棺にべったりと寄り添ったままだったよ。ドライアイスで冷え切ってしまっているのに、手をさすり、頬を撫で、髪を梳（す）き……。待望の長女だったらしい。今までずっとそばで看病してきただけに、よけいにやりきれないものがあるんだろうな」

「この子のためにって頑張ってきただろうに、その支えを失ってしまったんだからね。ご両親、これからもきっとつらいと思うよ。誰かのために生きていると、それだけで強くなれるからね。代わりになる生きる目的や、気持ちの向かう先をうまく見つけられるといいけど……。でもさ……」

里見さんの目が棺を見つめたまま細められた。

「お子さんのほうも、まだよく分かっていないみたいだね」

「やっぱり、そうか?」

「そうだね。からっぽだ」

「家に置き去りにしたな」

漆原が厳しい表情をした。

私にもはっきりと分かった。

ご遺体には、たとえわずかでも生きていた時の〝気〟の痕跡が残っているものだ。アルバイトを通じて発見したことだった。しかし、この小さなご遺体からは何も感じられない。

つまり、この子供は自分が死んでしまったことを理解できていない。そのために女の子の魂のようなものは、まだ両親のそばを離れていないのだ。

「ご遺族は?」

「四時には来るだろう」

「一緒に来るかな」

「来るさ。母親と離れていないだろうからな」

「離してあげないといけないね」

「そうしないと意味がない」

　里見さんは腕を組んで考え込む。

「予想はしていたんだ。先にこの子だけ来てくれれば、うまくお話しできるかなと思っていたんだけどなぁ。ご遺族も一緒だと、どうやって子供を納得させればいいんだろう」

「里見さん、お坊さんならお経をあげて、成仏させられるんじゃないんですか」

　私が言うと、里見さんは首を振った。

「そうやって無理やり送っても意味がないでしょう。お互いに納得しなくちゃね。お経は亡くなった人のためのものじゃないって、親鸞聖人(しんらんしょうにん)も言っていたよ」

「『歎異抄(たんにしょう)』にそんなことが書いてあったが……。お前、真言宗だろう」

「勉強熱心だと言ってよ」

「でも、ここにいないことにはどうしようもありませんよね。準備だけ万全にして、喪主さんたちがいらっしゃるのを待ちましょう」

　私の言葉に漆原も頷いた。

「怖がりかと思ったが、意外と肝が据わっているんだな」

「怖がりですよ。でも、この体質でこんなバイトをしているからには、割り切るしかないんです。漆原さんはどうなんですか」

漆原はわずかに驚いた顔をした後、迷いもなく言った。

「俺は見たり感じたりできるわけではないからな。怖いと思ったことはない。ただ、何か思いが残っているのなら、それをしっかりと受け止めて、行くべきところに送ってあげるだけだ。形だけの葬儀ではなく、死者にとっても遺族にとってもきちんと区切りとなる式をするのが俺の仕事だ」

「普通の葬儀屋さんは、そんなこと考えないいんじゃないでしょうか。もちろん、きちんとした式はされていると思いますけど、やっぱり形式的だと思うんです。それですむ場合のほうが多いでしょうけど」

漆原は無表情に私を見つめ、里見さんは面白そうに微笑みを浮かべている。

「私は感じても、漆原さんみたいに器用に伝えることはできません。だけど、考えは同じです。亡くなった人をちゃんと見送ってあげたい。だって、その人たち、行き先を見失って迷っているんです。放っておくことなんてできませんよね。だから怖いなんて言っていられません」

本当は怖い。できれば会わずにいたいが、状況的にそんなことを言い出せず、意地を張って言い切った。

　突然、横で聞いていた里見さんが盛大に拍手をした。

「美空ちゃん、素晴らしい！　偉そうなことばかり言って、仕事を面白がっている漆原とは大違いだ。だけど美空ちゃんは本物だね」

　いつの間にか勝手に〝ちゃん〟付けで呼ばれていた。

　漆原は横を向いて、腕を組みながら澄まして言った。

「俺はこの仕事が好きなんだよ。そんな立派な使命感があるわけではない。ただ、仕事をするからには完璧にやりたいだけだ。それを楽しんで何が悪い」

「そういうところも嫌いじゃないけどね。それにしても、漆原と美空ちゃん、なかなかいいコンビになりそうだ。だって、漆原はひとりだと役立たずだもん」

　里見さんはニヤニヤと笑った。

「ああ、面倒くさい。俺にもいっそ、お前たちみたいに見えれば、どれだけ仕事がやりやすいかと思うよ」

　漆原はふてくされたように吐き捨てた。

　雨は止む気配がなく、窓の外には早々と薄暗い夜の気配が漂っている。墨を流したように黒く濡れた駐車場に車のライトが滑り込んできた。

「ご遺族の到着だ」

漆原が静かに言った。

「じゃあ、僕はとりあえず引っ込むよ」

里見さんがそそくさと渡り廊下のほうへ向かう。

「行っちゃうんですか」

私は心細くなり、里見さんを呼び止めた。これから遺体の女の子と対面するかもしれないのだ。

振り返った里見さんは照れたように笑った。

「だって、今夜の式を勤める僧侶までウロウロしていたら、なんだかありがたみが失せるでしょう?」

薄情だと思ったが、確かに僧侶は開式と同時に厳かに入場するものだ。そもそも、ここからは葬儀屋である漆原の領域で、里見さんに頼るのは筋違いだろう。私が勝手に不安になっているだけで、漆原ははなから里見さんを当てにした様子はなく、泰然と構えている。

「清水さん、とりあえず状況を見極めよう。いつも通りでいい。頼むぞ」

「はい」

私は頷き、漆原を追って玄関へと向かった。

小雨降りしきる薄暮の駐車場に最初に入ってきたのは喪主、つまり亡くなった女の子の父親の車のようだった。ワンボックスカーからはまだ若い男女と、どちらかの両親か、年配の男女が降りるのが見えた。

悲しみの空気が濃密だ。思わずそれを避けるように目の前に手をかざした。車のドアが開いた途端に放たれた嘆きの気配が、黒い霧のように吹き付けてくるかに思えた。

次は白いセダンで、こちらには喪主夫婦どちらかの両親と、その兄弟夫婦か。最後はタクシーが一台。親族とみられる人が三名ほど降りた。

「これで全員だろう。幼稚園にも通えなかったそうで、友達もいない。そもそも、身内にしか状況を知らせていなかったようだ。関係ないが、今夜はクリスマス・イヴだしな」

そうだった。子供がいる家庭であれば、ツリーを飾り、ご馳走とプレゼントを用意して、家族団らんで過ごす日ではないか。クリスマスの華やかさとはほど遠いこの家族の悲しみに同調しそうになり、努めて冷静に「ご愁傷様です」と深く頭を下げた。

遺族に声をかける漆原は、式を取り仕切る者の毅然とした態度を示しながらも、労わりと慈愛をその表情から滲ませている。今までの冷たいような顔つきとは大違いだ。喪主である父親と、彼に支えられるように憔悴した母親が私の前を通り過ぎた。ふたりがロビーから式場を眺めた時だ。

「あっ」

私の足元をするりと何かの気配が走り抜けた。驚いて、それを追うように式場へと首を廻らせる。漆原も私の視線を追って振り向いた。

いつの間にか式場には女の子がいた。初めての広い場所にはしゃいだのか、楽しそうに走りまわっている。あまりにも鮮明だったので、一緒に来た親族の子供かと思ったほどだ。

「漆原さん、あれ……」

「見えますか？」

周りに親族がいるため、漆原の口調は丁寧なものになっていた。

「女の子が走りまわっています。遺影の子です。あっ、飛び跳ねました。なんて元気のいい……」

小声で言うと、漆原も見極めようとするかのように私の視線をたどり、目を眇めた。

「広いところに来て、無邪気に喜んでいるのでしょう。もしかしたら、思いっきり駆けまわったことがないのかもしれません。狭い世界しか知らなかったかわいそうな子供です」

見えていないはずなのに、女の子を見守るような優しい目になっていた。

「喪主様たちにも見えていないようですね」

祭壇の前の喪主夫婦も、私たちのすぐそばにいる親族も、全く女の子に気づいた様子はない。それを眺めた漆原が静かに続ける。

「いっそ見えてほしいくらいですね。元気に走りまわっている姿なんて、ご両親も見たことがないかもしれません」

「もしも見ることができたら、納得してくださるでしょうに。別れはつらいけれど、こうしてお子さんは病気から解放されて、やっと自由になれたんだよ、もう苦しむことはないんだよって」

「ご両親はその方法でいくしかないでしょうね。悲しみが深くても、どこかでもう亡くなったことは分かっているものです。それを認めたくないだけで」

漆原は遠くを見るような目をして続けた。

「このまま式を進めていけば、だんだんと納得していけると思います。結局はね、生きている人の心の中の問題なのですよ。どう死を認めるか。どう諦めるか。ご遺族の気持ちに区切りがつくことで、たいていは死者も納得するものです」

しみじみと語られる言葉の中には、他人事とは思えない切実さが感じられた。多くの遺族を見てきたからこそ言えるのか、はたまた漆原自身の経験によるものなのかは分からなかった。

「けれど、あんなに幼い子供ですからね、理解できるのかどうかは難しいところです」

遠い視線を私に移し、さらに小声で言った。

「それをやるのは君の仕事だけどな」

親族たちは全員が祭壇の近くに行ってしまい、ふっと漆原の口調も変わる。

「えっ」

「俺は喪主様たちご遺族を。君は子供を。そのために連れてきた」

私は言葉を失った。そんな勝手な役割分担をされても困る。

「この前はたまたま荷物を預かったから、うまくいっただけです。無理ですよ」

あまりにも私を過大評価していることに心配になって抗議すると、漆原は首をかしげた。

「いるんだろう？」

「いるだけです」

きっと姉のことだ。

漆原は眼を細めて私を見つめた。

「できるさ」

言葉に詰まり、ひと呼吸おいてからようやく応えた。

「努力はしてみます」

あまりにも近くで見つめられ、そう言うしかなかったのだ。

遺族たちは棺の前に集まり、線香を上げて手を合わせたり、祭壇や遺影を眺めたりしていた。母親はここでも棺から離れようとしなかった。

「式が始まるまでしばらくあるな。喪主様にご挨拶をして、控室へ親族をご案内するぞ」

漆原は私を促し、祭壇のほうへ向かう。仕方なく漆原の後ろに従った。

祭壇の周りには大きな悲しみの気配があふれていた。その空気の重さに、体が押しつぶされるようで息苦しい。その中心は、誰よりも嘆き悲しんでいる母親だった。

「これを一緒に置いても構いませんか」

喪主である父親が、持参した紙袋から大きな犬のぬいぐるみを引っ張り出した。

「比奈の、娘のお気に入りのぬいぐるみです」

漆原は頷いた。

「もちろんです。台を持ってきましょう。比奈ちゃんも、その子と一緒のほうがさびしくないでしょうから」

漆原の視線を受け、予備の経机を棺の傍らに運んだ。父親が大事そうに抱えてきて、棺の窓を覗き込むようにぬいぐるみを置く。ふさふさとした長毛種の大型犬をデフォルメしたぬいぐるみは、大きな目が優しげで愛嬌がある。ところどころつぶれた毛並みが、長い間かわいがられてきたことを感じさせた。

「比奈ちゃん、ブルちゃんも隣にいるからね」

母親が呼びかけると、「ぬいぐるみの名前です」と父親が言った。

そのまま、漆原は私を白い手袋をした手で指し示し、紹介してくれた。母親が棺の前から動こうとしないので仕方がない。

「今回の式を私と一緒に担当させていただく清水です。何かございましたら、私か清水にお申し付けください」

「清水です。このたびはご愁傷様でございます」

「よろしくお願いします」

父親は挨拶をしてくれたが、母親は完全に心を閉ざしていた。

「喪主様、母屋に控室をご用意しています。まだ開式までお時間もございますので、そちらにご親族の方をご案内いたしましょうか。お茶の用意もございますので」

「そうですね。おい、ママ、お義父さんとお義母さんを控室に……」

「私は比奈ちゃんのところにいるから、パパ、お願い」

「分かった」

「では、こちらです」

母親方の祖母は娘とともに式場に残ったが、あとは全員が控室へと向かった。

暖房が入っているとはいえ、天井の高い式場は温かいとはいえず、熱いお茶でも飲みたいと思っていたに違いない。それに加え、母親が発散する悲しみのエネルギーはかなりのもので、私のように敏感でなくても、気持ちを揺さぶられるのに十分なほどだ。口には出さないが、誰もがあの空間に居心地の悪さを感じていたのではないだろうか。

喪主である父親は親族を気遣い、それでも気丈にきびきびと振る舞っていた。控室に親族が入るのを見届けた彼は、漆原の所にも来て頭を下げている。

「家内が取り乱してしまって申し訳ありません。今まで比奈が全てだったものですから」

「大切なお子様を失ったのです。当然ですよ。喪主様が気になさることはありません」

漆原は、自分よりもいくらか若い喪主に丁寧に言葉を返す。

「ありがとうございます。担当が漆原さんでよかった。僕らのわがままをずいぶん通してくださいました。今日までずっと比奈を家に置かせてくださったことにも、感謝しています」

「たった一度の大切な儀式ですから、できる限りご意向に沿えればと思っております」

疲れた表情で、それでも微笑む喪主に、漆原は労わるような眼差し（まなざし）を向けた。

親族たちは、思い思いにお茶を淹れたり、畳に足を投げ出したりしてくつろいでいた。

その様子を横目で見ながら、喪主が遠慮がちに声をかけた。

「漆原さん」

「はい」

「わがままついでにもうひとつ、お願いがあるのです」

「伺いましょう」

「普通はやらないことだと思うのですが……。ああ、ちょっとこちらへいいですか」

親族たちには聞かれたくないのか、漆原の袖を強引に引いて廊下へ出てしまった。話の内容が気になったが、私まで付いていくのはあまりにも図々しいと思い、式場に戻ることにした。

あと一時間で式が始まる。あの女の子を納得させる方法を見つけられるのだろうか。母屋と式場をつなぐ渡り廊下は片側が広い窓になっていた。窓の外には母屋の灯りがぼんやりと見えている。あとは庭の木々の影があるばかりで、すでに深い闇に沈んでいた。

明るい都会の夜に慣れた私は、その暗闇に急に心細くさせられた。うっすらと結露した窓は、外の気温が低いことを示している。その時、ひらりと白い影がよぎった。いつの間にか雨がみぞれになったようだった。

式場では、棺の前に母親と祖母が椅子を並べて座っていた。あれからずっと比奈ちゃんの体を見守っていたようだ。

離れ難い気持ちは私にも理解できた。今は魂が抜けてしまった体だが、ついこの間までは温もりを持ち、言葉を交わしていたのだ。生まれてこの方、成長を喜び、懸命に病と闘う姿をずっと見つめてきた母親である。ともに過ごしてきた我が子の姿を、しっかりと心に留めておきたいに違いない。

ふたりの悄然とした姿から視線を廻らすと、女の子が目に入った。母親たちがひっそりと座っているのに対し、こちらは相変わらず元気にはしゃぎまわっていた。

（ねぇ、あなたはもう死んじゃったんだよ）

心の中で呟かずにいられなかった。

女の子は椅子に乗って窓の外を覗いたかと思えば、棺の元へ走って母親にまとわりつき、嬉しそうに話しかける。降り出した雪を知らせているのだろうか。全く反応を示さない母親に話すのを諦めたのか、一緒になって棺を覗き込み、不思議そうな表情を浮かべている。

こんなにそばにいるというのに、母親は愛しい我が子の存在に全く気がつかない。その様子がもどかしく、いっそう哀れだった。

雨が雪に変わったおかげで、清澄通りからも離れた光照寺の式場は、それこそ燃え落ちた線香の灰の音さえ聞こえそうな静けさである。

なんとかして比奈ちゃんと話す機会を得ようと、再び窓のほうに行った彼女にゆっくりと近づいた。

結露した窓の向こうに、ぼんやりと街灯の灯りが滲んでいた。その光の中に、ひらりひらりと雪が流れていく。絶え間なく落ちてくる雪の影は、幼い女の子の興味を引くには十分だった。比奈ちゃんはこれまでの活発さを忘れたかのように、じっと外を見つめている。

私はさりげなく横に立った。近くに並んでみると、生きている人とは違うことがはっきりと感じられた。エネルギーが希薄というか、温もりを感じない。

白く曇った窓をそっと手のひらでこすってあげると、外の様子がクリアになり、驚いたように女の子は私を見上げた。実体のない彼女にはこうすることができなかったのだ。

彼女は初めて私の存在に気づいたように、じっと見つめてきた。その瞳はどこまでも深い闇だ。怯(ひる)みながらも彼女の視線をしっかりと受け止める。

「雪だよ」

そっと顔を寄せ、小声で話しかけた。母親たちに気づかれないように。

初めて会話のできる相手と出会ったことが、彼女にとっても嬉しかったらしく、コクンと頷いた。どれだけ母親や父親にまとわりつき、話しかけても応えてもらえず、大いに不満だったのだろう。

私は不自然な動きにならないように彼女に微笑みかけ、式場の玄関を指で示した。

「お外に出てみようか。近くで雪が見られるよ」

女の子は嬉しそうに大きく頷いた。

玄関の引き戸を開けると、彼女は勢いよく走り出た。慌てて私も後を追う。

吹き付ける雪交じりの風に身がすくんだ。制服姿では震えるほどに寒い。しかし、彼女はそれを感じることもないのか、立ち止まるとあどけない顔で暗い空を見上げていた。私も横に並び、目線を合わせるためにしゃがみ込んだ。

雪は緩慢にひらりひらりと舞い落ち、濡れた地面に着くとすぐに消えてしまう。彼女はじっとそれを見つめている。

「比奈ちゃん、雪を見るのは初めて？」

（うん）

「きれいだね」

（うん）

改めてこの子と向き合ってみると、「死んじゃったんだよ」なんて言えるはずもなく、ため息をついた。吐息は白く広がって闇に溶ける。比奈ちゃんは驚いたように、もう何もない空間を見つめていた。自分でもふーっと息を吐いてみるが、彼女の息は白くはならない。生きている私とは違うのだ。それが面白くないのか、むきになってふー、ふーとやっている。普通に考えれば、とてもかわいらしいしぐさだ。

「比奈ちゃんには、できないんだよ」

（どうして？）

比奈ちゃんは首をかしげた。そのあどけない顔にちくりと胸が痛んだ。

「今までとは違うの。比奈ちゃんは、行かなきゃいけないんだよ」

この子がいる場所はここではない。しかし、それをどう伝えたらいいのか分からない。

（どこにいくの？　ママも、パパもいっしょ？）

「ママとパパは一緒に行けないの。比奈ちゃんが行くところは、ずっと遠いところなの」

（いやだよ。いっしょにおうちにかえりたい）

かわいそうだが家に帰らせるわけにはいかない。私は言葉を詰まらせる。

（やだ）

「比奈ちゃん」

（ママもパパもいっしょじゃないとやだ）

女の子は口をへの字にした。

「そうだよね、やっぱり、さびしいよね」

もう、どうしていいのか分からなくなってしまった。

（おうち、かえる）

比奈ちゃんはふいっと踵（きびす）を返し、母親のほうへと行ってしまった。

どこかで、なんとなく気づいているのかもしれない。自分だけが遠くへ連れ去られてしまうことを。

「あーあ、失敗」

私はしゃがみ込んだまま、地面に向かって大きなため息をついた。盛大に白い息が広がって、ゆっくりと暗闇に消えた。

鬱々として式場に戻ると漆原の姿があった。背が高く、颯爽（さっそう）と動くのですぐに分かる。

時計に目をやると、通夜の開式まで三十分を切っていた。

「どうした、やけに冷えているな」

外の空気を漂わせながら近寄った私に眉をひそめた。「それに湿っている」

漆原の口調はいつものものだった。私の肩からほっと力が抜ける。

「すみません、説得に失敗しました」

すまなそうに頭を下げると、「接触したのか」と少し驚いたように訊いた。

「ええ、一応は。お母さんやお父さんと離れたくないみたいです」

「母親があれだけ執着しているからだ。彼女の思いがあの子を放さないのだろう」

「あの子自身よりも？」

漆原は応えず、チラリと腕の時計を見た。顔つきが変わる。

「一般の会葬者はないな。間もなく開式だ。準備を」

「はい」

喪主と何を話していたのか聞きそびれてしまったが、もう遅かった。

私は棺のそばの母親と祖母を席へと案内した。祭壇の前に僧侶の席を用意し、ロウソクと香炉の炭に火をいれる。それから控室に親族を呼びに行った。

全員が着席して、静かに開式を待っている。

いつの間にか、里見さんが式場の手前まで来ていた。きらびやかな袈裟（けさ）をまとい、長い数珠を垂らした姿は、先ほどとは別人のようだ。私に気づくとにっこりと微笑んだ。

漆原は里見さんを横目で見た後、私たちに前回と同じように言った。

「では、行ってきます」

　それを見送り、里見さんが穏やかに言った。

「大丈夫。今夜はこのまましっかりと通夜をやってあげよう」

　式はいつも通り、滞りなく進んでいく。

　漆原の進行は相変わらず非の打ち所がなかった。焼香を案内する時にすっと片膝をつき、白い手袋の手で誘導する動作はまさに優雅といえた。

　初めて耳にする里見さんの読経も素晴らしかった。澄んだ声で紡がれる経文は流麗で聞き取りやすい。まるで歌のようだった。坂東会館で耳になじんだ読経とは全く違い、すっかり驚かされてしまった。このまま里見さんの声を聞いていたかったが、後ろ髪を引かれながら、そっと途中で抜け出した。

　私は母屋の控室で通夜振る舞いの準備をしなくてはならなかった。こちらも大切な仕事であるし、何よりも慣れた作業だ。

　坂東会館は地下に厨房があるが、今回は系列の仕出し業者から届けられるよう手配されていた。冷めたお料理なのが申し訳ない気がした。

　準備をすませてホールに戻ると、ちょうど里見さんが退出するところだった。

　私は入り口に控え、頭を下げた。すれ違いざま、里見さんは「滞りなく無事すんだよ」と片目をつぶってみせる。穏やかなその表情を見て、ひとまず安心した。控室の準備をしている間も、比奈ちゃんがどうしているのかと気にかかっていたのだ。

漆原の案内で親族が控室に移動し、母親も喪主に抱えられるようにしてしぶしぶ連れていかれた。お身内だけでそっとしておこうということで、私も初めの飲み物の栓を抜いただけで、すぐに漆原と式場に戻った。

静まり返ったホールにはふたりだけだった。女の子はみんなに付いていったようで、見渡してもその姿はない。

「漆原さん」

「どうした」

視線を上げた漆原に、小さく頭を下げた。

「うまくいかなくて申し訳ありません」

焦りを感じたのだ。通夜が終わってしまったのに、比奈ちゃんとは心が通じていない。

「何も問題なく通夜はすんだぞ」

「式自体はそうでしょうけど、でも、根本的な問題が……」

「気にしているのか」

「気にしますよ。そのために私を連れてきたんでしょう?」

漆原は眼を細めて少しだけ笑った。

「責任感が強いんだな」

「それだけじゃだめでしょう? ほら、漆原さんは結果が全てみたいなタイプだし」

私の言葉に今度は苦笑した。

「そう見えるのか」

「はい。式を完璧に終わらせることだけに、生きがいを感じているように見えます」

「まぁ、確かにな」

私がうなだれたまま燃え残った線香の始末を始めると、漆原は横に来て棺を覗き込んだ。

「式は通夜だけではない。まだ告別式がある」

「でも、今日みたいな感じだと、とてもあの子を納得させる自信がありません」

漆原がまっすぐに私を見た。

「九時には喪主も親族も引き上げる。俺たちはかたづけをして、十時には撤収だ。今夜は早く寝ろ」

「はい」

「寝る前に仏壇に手を合わせておけ」
真顔でそう言われ、うちには祖母もいて、仏壇もあるという話をここへ向かってい
る時にしたことを思い出した。
「分かりました。こうなったら仏様にすがります」
漆原はきれいになった香炉に線香を三本立てると、遺影を見つめて静かに手を合わ
せた。しばらく目を閉じていた後、頭を起こしてチラリと外を見た。
「雪、だいぶ激しくなっているぞ。積もったら困るな。明日の出棺は十一時、火葬は
十二時だ。東京の交通網は雪に弱いからな」
「明日はどうしたらいいですか」
「八時半に坂東会館に迎えに行く。告別式は十時からだ。火葬場へは同行するが、そ
の後の会食は喪主の意向で、坂東とは関係のない店に予約をしている。実質、火葬場
で今回の仕事は終わりだ。俺は夕方、後飾りのためにもう一度ご自宅に伺うが、君は
同行しなくていい。火葬が終わったら坂東会館まで送ってやる」
「分かりました。よろしくお願いします」
その時、黒い僧衣に着替えた里見さんが入ってきた。
「ふたりとも、お疲れ様」

さらさらと裾をなびかせて近寄ってくると、気遣うように私の顔を覗き込んだ。

「美空ちゃん、元気がないけど大丈夫？　疲れちゃったんじゃない？　漆原は人使いが荒いからなぁ」

「大丈夫です。違いますよ」

里見さんの相変わらずのペースに気持ちがほぐれた。漆原は仏頂面だ。

「それにしても、漆原の持ってくる仕事はどれもしんどいよ。通夜の間、後ろからは母親のすさまじい悲しみが突き刺さってくるし、棺の上には女の子がいて、僕の道具にいたずらしようとするし、集中するのが大変だったんだから」

里見さんの手元までは見ていなかったが、式が始まった時に、比奈ちゃんが棺の辺りにいたのは知っていた。里見さんの真言宗は、密教ゆえ様々な法具を使うので、子供にとっては興味の対象になったのだろう。想像して思わず笑ってしまった。

「こら、笑い事じゃないよ」

「今、あの子は？」

漆原が訊くと、里見さんはやはり母屋のほうを示した。

「みんなが食事するのを見ている。親戚が集まっているのが楽しいのかもしれないね」

「今夜は母親と一緒に、家に帰ってしまうのだろうか」

漆原が言うと、里見さんは大きく首を振った。

「帰さないよ」

きっぱりとした声に、漆原と私はまじまじと里見さんの顔を見つめた。

「親離れ、子離れしないとね。初めてのお泊まり保育みたいなやつかな？」

「できるのか？」

「できるも何も、そうしなきゃ。僕がここで、あの子がさびしくないように話し相手をするつもりだよ」

里見さんは不敵に笑った。

やがて通夜振る舞いの席は喪主の挨拶でお開きとなり、親族たちは帰っていった。母親は、最後まで名残惜しそうに棺のそばを離れなかったが、喪主に連れられて車に乗り込んだ。

雪は緩急あるものの、降り止む気配はない。漆原と私は、ちらちらと雪の舞い落ちる外まで同行し、駐車場から出ていく車のテールランプが闇に溶けるまで見送った。

式場では、里見さんが比奈ちゃんと並んで椅子に座り、ぬいぐるみのブルちゃんで遊んでいた。

母親の後を追って帰ろうとする比奈ちゃんを呼び止め、ブルちゃんで気を引いたのだった。ハラハラしている私を見て、横にいる漆原がぼそりと言った。

「大丈夫だ。あいつは昔から子供にはすぐに懐かれる」

まさにその通りだった。

「ほら、だいぶ仲良くなったでしょ」

里見さんが得意げに胸を張る。

「話しかけても応えてくれないママやパパより、僕のほうが好きだって。夜中にママが恋しくなって泣かれたら困っちゃうけど」

軽口を聞いて漆原は苦笑した。

「お前に頼んで正解だった。まぁ、あまり根をつめるなよ」

私は控室のかたづけのため、母屋へと向かうことにした。ひとりで行くつもりが、漆原が付いてくる。お料理の残りや飲み物の出方などを確認したいのかもしれない。

「漆原、お腹空いているだろう。母さんのおにぎり、取ってあるよ」

里見さんが後ろから声をかけると、漆原は振り向き、かなわないというように素直に礼を言った。

漆原は座敷の様子を眺めた後、庭に面した奥の一隅に腰を下ろしていた。私はかたづけの傍ら、お茶を淹れて手渡した。

　座敷の灯りに、窓辺の松の木がほんのりと照らされている。悠々と伸びた見事な枝ぶりは黒いシルエットとなっているが、その上にもうっすらと雪が積もっているようだった。

　漆原は湯呑みを受け取り、代わりにラップで包まれたおにぎりをひとつ差し出した。そのしぐさに、自然と笑みがこぼれる。

「お昼にいただきました。全部、漆原さんのですよ」

「そうか」

　仕出し業者の食器類をまとめて番重（ばんじゅう）に入れ、廊下に出して戻ると、漆原はちらちらと舞う雪を眺めながら静かにおにぎりを咀嚼（そしゃく）していた。

「漆原さんは言うまでもないですけど、里見さんも頼りになりますね」

「ああ、里見は計り知れない。あいつの力は本物だ」

　この男が他人を認めるなど、珍しいことのような気がする。

「漆原さんよりも？」

「俺は単なる葬儀屋だ。あいつは霊感もあるし、しかも坊主だ」

　里見さんが僧侶だということが、何よりも心強いと思った。

「それに、動物の気持ちも分かるらしいぞ」

突拍子もない言葉に、茶櫃(ちゃびつ)の蓋に積んだ湯呑みを落としそうになった。冗談で言っているのか、真面目に言っているのか、無表情の漆原からは判断がつかない。

「それだけ、あいつが敏感で優しいということだと思う」

「分かる気がします」

里見さんの邪気のない優しさが伝わるからこそ、動物や子供に好かれ、すぐに懐かれるということなのだろう。

「さて、帰るか。今夜はあいつに任せるしかない。あの子がここに残ってくれただけでも大した手柄だ」

「そうですね」

「いよいよ、明日は君の出番だ」

「頑張ります……」

そう応えたのはもちろん口先だけだ。頑張ろうにも、全くもって五里霧中の状態とはこのことだった。

帰宅したのは十一時近かった。

本所の我が家は、光照寺と坂東会館の間に位置する。漆原は坂東会館に戻る途中、気を利かせて私を自宅の近くで降ろしてくれた。タイムカードは任せろと言うので、ありがたく甘えることにしたのだ。

父親はすでに寝室に引き上げたらしく、母親だけがまだ居間でテレビを見ていた。クリスマスの特別番組のようで、やけににぎやかだった。

「お帰り。遅くまでお疲れ様。雪に降られて大変だったんじゃない？」

「うん。道路に積もらなくて助かったよ。おばあちゃん、まだ起きている？」

漆原に言われた通り、祖母の部屋の仏壇に手を合わせておこうと思ったのだ。

「さっきまでテレビの音が聞こえていたから、まだ起きているんじゃないかな」

いくぶん眠そうな母の声に、「先に眠っていいよ。待っていてくれてありがとう」と声をかけて祖母の部屋へ向かった。

「おばあちゃん、起きている？　ただいま」

部屋の襖（ふすま）を小さく叩くと、すぐに返事があった。

「起きているよ」

「仏壇にお線香上げてもいい？」

清水家の仏壇。祖父と、それ以前のご先祖様のお位牌（いはい）がある。そして、姉もここにいる。

ふと見ると、姉の写真の前にはプリンが置かれていた。

「お母さんが持ってきたんだよ。今日はクリスマスだからってね」

「お母さんが？」

「そうだよ。美鳥はプリンが大好きだったからねぇ。美空、食べる？　もう下げようと思っていたの。美空もプリン、好きだもんねぇ。やっぱりよく似ているよ」

祖母は笑いながら言った。

口には出さなくても、今も母の中にはきっと子供のままの姉の姿があるのだろう。どれだけ時間が経っても、姉は私たち家族の中から消えることはない。

そういえば、比奈ちゃんと写真の姉はちょうど同じ年頃である。あの幼さで、家族と離れてひとりぼっちになってしまうなんて、どれだけさびしかったことだろう。ふたりの幼い笑顔がふいに頭の中で重なった。姉もやはり、私たちと離れたくなくて、ずっとそばにいるのだろうか。

今まで感じてきた何人もの〝亡くなった人〟たちは、いずれも深い悲しみや思いを抱えていた。とりわけ愛する家族と離れ難いという思いが一番強いようだった。

「ねぇ、おばあちゃん」

横で手を合わせていた祖母に話しかけた。

「今夜の仕事ね、お姉ちゃんくらいの小さい女の子のお通夜だったんだ」

　穏やかだった祖母の表情が曇る。

「それはかわいそうだったね」

「どうしてこんなに小さい子供がって思うよね。母親なんて棺から離れないの。それを見ているだけで、みんなが切ない気持ちになってね、悲しいお通夜だったよ」

　祖母は無言で頷いた。

「うちも、お姉ちゃんが亡くなった時はこういう感じだったのかなって、つい考えちゃった。一緒に暮らしてきた家族がひとりいなくなるって、大変なことだよね。私はまだ生まれていなかったから、そんな大変な時を知らなくて、申し訳ないなって。やっぱり、おばあちゃんもたくさん泣いた？」

　泣いた、などと簡単な言葉では表せないことはよく分かっている。でも、あえて少しおどけることで、祖母の気持ちにあまり負担にならないように話してほしかった。

「みんなでたくさん泣いたよ。もう美鳥に会えないのだと思うと、どうしようもなく悲しくてね、心が引き絞られるように痛んで、それでますます涙が出る。あんなに苦しい思いはしたことがないよ」

　そう言うと、祖母は口を固く結んだ。口元が細かく震えている。

「お姉ちゃんはどんな子だった？」

「そうだねぇ、元気がよくて、おしゃべりな子だった。家の中はいつもにぎやかだったね。そうそう、妹ができるのをずっと楽しみにしていたんだよ」

「そうなの？」

それは初めて聞いた。

「そうだよ。お母さんが病院で女の子だと聞いてきてね、『美鳥の使ったお洋服やベッドを妹にあげようね』って言ったら、『うん、あげる』って喜んでいたよ。それからは毎日ご機嫌でねぇ」

そんなふうに私を迎えようとしてくれていたんだと、急に家族がたまらなく愛しいものに思えて、胸が詰まった。

「お姉ちゃんになるのがよほど嬉しかったんだろうね。抱っこして一緒に眠ってあげるとか、お気に入りのぬいぐるみをあげるとか、お父さんのお膝の上は妹にあげるとか、いろんなことを言っていたよ。すっかりお姉さん気取りだった」

祖母は記憶の中の姉をかき集めながら、かみしめるようにゆっくりと話す。思い出の底をさらう祖母の口元には微笑みすらあり、まるで幼い姉を見つめているようだった。

そんな祖母を見て、私はしみじみと呟いた。

「会いたかったな、お姉ちゃんに」

「そうだね、会えなかったね……」

祖母も低く呟いた。その後で、ため息のように語った。

「美空が生まれる前日、お母さんが入院した日の事故だった。悲しかったけれど、とにかく慌ただしかった。すぐに美空が生まれたからね。私たちには、美空が救いになってくれたんだ。泣いてばかりもいられない。お前がみんなの悲しみを紛らわせてくれたんだよ」

祖母はそのままうつむき、黙ってしまった。

「ごめんね、おばあちゃん。つらいことを思い出させちゃったね。大丈夫、私がいるよ。お姉ちゃんの分も、おばあちゃんと一緒にいる」

夜中にこんな話をして、祖母の心臓に負担をかけては大変だ。反省しながら祖母を布団に寝かせ、肩まですっぽりと上掛けに包み込んだ。

仏壇では、相変わらず幼い姉が微笑んでいた。

翌朝は、昨晩の天気が嘘のように雲ひとつない澄んだ青空が広がっていた。

雪は夜中に止んだようで、地面が濡れている以外は何の痕跡もない。濡れたアスファルトからは、朝の光を浴びて、薄い霧のように靄が立ち上っていた。

枕元のカーテンを開けた私は、差し込む光の眩しさに目を細めた。ベッドの上に座ったまま、そっと胸に手を当てる。ようやく眠りに落ちた時に見た夢が、心に温もりとして残っている気がした。

幼い姉は、淡い緑の草の上に座り込んでいた。季節は春だ。柔らかな新緑の上に、白に近い桜の花びらが無数に散らばっていた。

姉はご機嫌で、ツクシやらナズナやら、春の植物を見つけては笑顔を見せる。

ふいに顔を上げ、嬉しそうに微笑んだ。

視線の先には、緑の中にひときわ鮮やかに黄色いタンポポの花がある。

その情景を見つめる私の意識に、かわいらしい声が飛び込んでくる。

明日、私はお姉ちゃんになるの。

待ち遠しくてたまらない。

早く、早く、会いたい。

楽しみにしていた妹に、もうすぐ会えるの。

私の誕生を心から待ちわびる幼い姉が、白っぽい春の光の中で幸せそうに笑っていた。

　姉が背中を押してくれているのを感じ、やるしかないと明るい空を見上げた。

　その朝は、コートで制服を隠して坂東会館へ向かった。昨夜直帰したためだ。事務所に入ると、真っ先に陽子さんが迎えてくれた。こちらでも椎名さんが担当する告別式があるので、すでに彼女も出勤していたのだ。

「メリークリスマス！　あれ？　なんだか美空、疲れた顔」

「よく眠れなくて」

　指摘されたことに少しショックを受けながら、笑ってごまかした。

　まるで自分の事務所のようにくつろいでコーヒーを飲んでいた漆原は、いつも通り清潔感ある身だしなみに整えられている。

「早く寝ろと言ったのにな」

「寝ようとしましたが、眠れなかったんです」

「ちゃんと仏壇に手を合わせたか？」

「はい、お姉ちゃんに」

「美空、お姉さんがいたの？」

陽子さんが驚いて訊き返す。

「私が生まれる前に亡くなっているので、実際には会ったこともないんですけどね」

「そうだったんだ」

陽子さんは、どう反応したらいいのか分からないような表情で黙ってしまう。

「そろそろ行こうか」

コーヒーを飲み終えた漆原が立ち上がった。重々しい沈黙を打ち破るような唐突さであり、陽子さんもほっとしたように笑顔で「行ってらっしゃい」と送り出してくれた。

日曜日のせいか朝の道路は空いていて、昨日よりもスムーズに光照寺に到着した。路面が凍らなくて助かったと漆原が言った。

雨上がりの庭、冬枯れた木々の尖った枝先では、いくつもとどまった雫に朝日が反射して、眩しく輝いていた。冷えた空気がよけいに清々しくて、こんな朝は体の奥から力がみなぎって、希望が湧いてくる気がする。

漆原が預かっていた鍵でホールの玄関を開けた。式場へ入った私たちは目を丸くした。

里見さんが並べた椅子の上に悠々と横たわり、気持ちよさそうに眠っていたのだ。

昨夜言った通り、一晩中比奈ちゃんと一緒にいてくれたらしい。

　誰もいない（比奈ちゃんはいるが）広い式場にひとり、しかもすぐ横には、祭壇とご遺体があるという状況で一夜を明かすなど、私には到底真似できない。

　面白がって、漆原とじっと見下ろしていると、視線を感じたのか、ふいに里見さんは目を開いた。

「あれ？　漆原。おはよう」

　仰向けのまま、里見さんが何回か瞬きをする。まだ眠そうだ。

「おはよう。風邪ひくなよ」

「うん、大丈夫。いつの間に眠っちゃったんだろう？　おかしいな」

「比奈ちゃんはどこですか？」

　私が周りを見まわすと、里見さんが「ほら、いるよ」と棺を指さした。

「えっ」

　確かに比奈ちゃんが棺の上にちょこんと座り、窓の部分から自分の顔を見下ろしていた。

　私は昨日との違いに目を見張った。すぐに気づかないのも無理はない。昨日はあれほどはっきりと見えていた姿が、今は曇りガラスを通して見たようにぼんやりと霞んでいるのだ。

「どうした」

漆原は、呆然とする私を怪訝に思ったようだ。私の説明に、漆原も首をかしげた。

「自分の死を受け入れ始めたということか？」

里見さんが椅子から立ち上がり、ゆっくりと近づいてきた。

「あれから、ずっと比奈ちゃんと対話をしていたんだ。行かなくちゃいけないところがあるんだよって。今はパパとママとお別れしなきゃいけないけど、家族なんだから離れることはないいんだよ、そのうちまた会えるんだからってね」

「そう信じることが、何よりも心のよりどころとなるからな」

「うん。これから行くところはお友達もたくさんいて、楽しいところだから何も怖くないよ。先に行ってママとパパを待っていたらいいんだよ、もうすぐ五歳なんだから行けるよねって。前に読んだグリーフケアの本が役に立ったみたい。書いたのはカトリックの人だったけど、こういうのは宗教も何も関係ないものね」

「さすがです、里見さん」

「ダイレクトに死んだとはさすがに言えなかったけど、行かなくちゃいけないところがあるっていうのは納得してくれたみたいだよ。でも、ひとりじゃさびしいって言うんだな。だから……」

　里見さんは私を見て、にっこりと微笑んだ。

「美空ちゃん、バトンタッチ」

　里見さんは、私の手のひらにポンと自分の手を打ち付けた。それから大きなあくびをする。

「ごめん。式が始まる前に、お風呂に入って気持ちを切り替えてくるよ。じゃあね」

「ああ、お疲れ様。また後でよろしくな。二度寝するなよ」

　漆原はねぎらいながらも、釘（くぎ）を刺すことを忘れなかった。

　里見さんが去った後、私は棺の上の比奈ちゃんをただ見守っていた。

　うっすらと朝日に透ける比奈ちゃんは、ひどく儚（はかな）げで、見ている私のほうが切なくなる。

　こんなに幼い子供が、親から引き離されて、ひとりで遠くに行かなくてはならないなんて、どれだけ不安で心細いだろう。泣き叫んで、すがり付いてでも離れたくないはずだ。けれど、全てを悄然と受け入れたような比奈ちゃんがいじらしくて、よけいにつらかった。

「泣いているぞ」

漆原の声にはっと我に返れば、いつしか涙が頬を伝わっていた。慌てて手の甲でぬぐう。

「比奈ちゃんに同調しているのか？　やはり離れたくないんだな」

「漆原さん」

「どうした」

「姉なら、きっと比奈ちゃんを一緒に連れていってくれます」

背の高い漆原を見上げ、まっすぐに目を見つめて覚悟を口にすると、横に立つ男はしばらくの沈黙の後、確認するように訊いてきた。

「それでいいのか」

「姉と比奈ちゃんは似ています。分かり合えると思うんです。ふたり一緒なら、旅立つことも怖くないはずです」

きっぱりと言い切った私の覚悟は伝わったようだが、腕を組んでじっと聞いていた漆原も何かしら考えている。

「比奈ちゃんは友達がいればさびしくないだろうが、お姉さんはそれでいいのか」

「誰だって、大好きな人のそばを離れたくなんてありませんよ」

「それはそうだが……」

「ようやく分かりました。家族は誰も姉を忘れてなんかいません。直接会ったことがない私だけが、気づかないふりをしていたんです。でも、比奈ちゃんを見ていて、姉もあんなふうに家族の中にいたんだと思えました。姉は私が生まれるのを楽しみにしてくれていて、だからこそ今もそばにいるということも」

漆原は頷いた。ロウソクに火を灯(とも)し、香炉に線香を立てる。静かに手を合わせて、比奈ちゃんに語りかけた。

「比奈ちゃん、ほんの少しのお別れだ。怖いことは何もないんだ」

比奈ちゃんは漆原を見上げた。漆原には彼女が見えていないはずだが、この男もじっと棺を見つめている。比奈ちゃんの瞳が不安そうに揺らめいていた。

(でも、こわいよ)

か細い声が聞こえた。今にも泣き出しそうに、幼い子供の顔が大きくゆがむ。

頼りない小さな体が、悲しみで張り裂けそうに思えた。

陽炎(かげろう)のようにゆらめく姿がそのまま空気に溶けてしまいそうで、私は思わず比奈ちゃんを抱き締めようと腕を伸ばした。泣きじゃくる小さな体を温かく包んで、悲しみを少しでも受け止めてあげたかったのだ。

しかし私よりも先に、比奈ちゃんの体をぎゅっと抱き締めたものがある。

漆原は、泣きながら手を伸ばした私を驚いて見つめ、私は自分の腕の先を見つめていた。

視線の先には、朝の光の中で泣きじゃくる比奈ちゃんを優しく包み込む温かな光……、幼い姉の姿があった。

いよいよ悲しみが堰(せき)を切って、激しく慟哭(どうこく)する比奈ちゃんを、姉はその小さな体で受け止め、あやすように髪を撫でていた。比奈ちゃんもいつの間にか姉にぎゅっとしがみつき、甘えるように濡れた頰を擦り寄せてしゃくりあげている。

優しい光景だった。

姉が、比奈ちゃんの思いを全て受け止めてくれているようだった。

姉は顔を上げ、私たちを見てにっこりと微笑んだ。比奈ちゃんはもう大丈夫だというように。

「お姉ちゃん、ありがとう……」

私は棺によろめきながら歩み寄り、陽炎のようなふたりを包み込むよう、棺の上に温かく降り注ぐ朝日に両手を差し出した。

姉もまたゆっくりと手を伸ばした。ちいさな手のひらで、私の頭をそっと撫でてくれているようだった。

姉は比奈ちゃんと変わらない幼い姿のままだ。それなのに、感じられる気配はまさしく〝姉〟だった。ずっと私を見守っていてくれた、優しく温かい気配だった。

私は棺の横にしゃがみ込んだまま、涙に濡れた目で漆原を見上げた。言葉にしなくても全て分かっていると思ったのだ。

「比奈ちゃん、お友達が一緒なら、もうさびしくないかな」

漆原の声に、今度こそ比奈ちゃんはコクンと頷いた。泣き濡れた顔には、どこか安堵の表情があり、姉に頭を撫でられて、ようやくふわりと笑顔を見せた。

「お姉ちゃんも、やっと天国へ行けるんだね」

私の言葉に、姉はうっすらと微笑んだまま、なぜか小さく首を振った。

驚いた私がどうしてと問うよりも先に、再び姉は比奈ちゃんに寄り添ってしまった。

今は淡い光に包まれた、朝靄のようなふたりの影が棺の上にあるだけだ。

「どうだ」

静かにたたずんでいた漆原が訊いた。

「姉が一緒に行ってくれるようです」

「そうか」

漆原の表情が和らいだ。この男なりに比奈ちゃんを案じていたのだろう。

「顔」とひとこと言われて、慌ててハンカチで涙をぬぐい、照れ隠しのように訊いた。

「里見さんは、初めて会った時、私のことをどういうふうに言ったんですか」

漆原は私が何を訊きたいのか、確かめるようにじっと私の目を見た。

「すみません、変な質問ですよね。里見さんには、どんなふうに姉が見えたのかなと思って。私は夢でしか会ったことがなくて、今、初めて姉の姿が見えたんです」

今さらこんなことを訊くのもおかしな話だ。

「小さな女の子がいると言っていた。いるというよりも、ほとんど君の一部になっているそうだ。もともと霊感があるからそうなったのか、その子がいるから〝気〟に敏感なのかは分からないが、君がその子の存在も、その力も認めようとしないのを不思議がっていた」

確かにあの頃はそうだった。私は苦笑する。

「姉のせいで、見たくもないものが見えると思って、煩わしかったんです。でも、漆原さんと仕事をするようになって変わりました。亡くなった人たちの心に寄り添うことができるんだと、分かった気がします」

「たいした進歩だ」

漆原は相変わらず、何の感慨もなく相槌をうつ。

「やっと分かり合えたと思ったら、お別れか」

　黙ったままだった私に漆原が言った。

「それが……」

　怪訝そうに顔を覗き込んだ漆原に、困惑した表情を向けた。

「まだ、そばにいたいようなのです」

　目を見張った漆原は、「よほど君のそばは居心地がいいんだな」と笑った後、すぐに真面目な顔に戻った。

「何が引き留めているのか、これからゆっくり考えればいいさ。とにかく、今回はお姉さんに感謝だ」

　私は頷いた。視線の先では、棺の上でふたつの小さな影が揺らめいている。

「漆原さん、天国って、本当にあるんですか」

　自然と口をついた言葉に、漆原は横目でチラリと私を見て、すぐに棺へと顔を向けた。

「ある、と思う」

　現実的なこの男が、あっさりと認めるとは意外だった。

　漆原にはあの淡い光は見えないはずだ。それなのに、じっとその辺りを見つめていた。

「天国がなければ、あの子たちの行く場所がないだろう？」

嬉しくなって、私も大きく頷いた。

「ところで、比奈ちゃんは姉に任せるとしても、母親はどうしますか。悲しみと執着が比奈ちゃんを縛り付けているって、言っていましたよね」

漆原は眼を細めた。

「親子の愛情も深いものだが、夫婦の絆（きずな）っていうのも強いものだな。今回は俺も勉強させてもらった」

「どういうことですか」

私が問いかけるのと同時に、漆原は腕の時計を見て、ポケットから出した白い手袋をはめた。

「後で分かるさ。そろそろ準備にかかるぞ」

すぐに教えてくれないのはいつものことだ。私もただ自分の為（な）すべきことをしようと、漆原の後ろ姿を追った。

親族がそろい、全員が着席すると、漆原が一日の流れを説明し始めた。

比奈ちゃんと姉は棺の上に座り、並んだ親族を興味深そうに眺めている。

入り口に里見さんが来ていた。先ほどの寝ぼけた様子など微塵も感じさせぬ麗しい僧侶姿だ。

そっと式場内を覗き込み、「またあのポジション？　真ん前にいられるとどうも調子が狂うんだよね」などと言った後、勢いよく振り向いた。

「比奈ちゃんは、美空ちゃんのお姉さんとすっかりお友達になったみたいだね。あんなに仲がよさそうに話している。やっぱりいいものを持っていたんだなぁ。僕も挨拶しておいたほうがいいかな」

ちょっと興奮したように色白の頬を上気させているので、どう応えていいのか分からない。すかさず漆原が坊主頭にげんこつを落とした。

そのまま私たちに向き直り、いつものように「では、行ってきます」と、颯爽と式場に入ってしまった。

しばらく頭をさすっていた里見さんも漆原のアナウンスに続いて式場に入り、比奈ちゃんの告別式が始まった。

控室の掃除をすませて式場に戻ると、焼香が終わろうとしていた。

通夜とは違い、いよいよこれでお別れだと思うのか、親族たちの中にはすすり泣いている人もいる。母親は号泣していて、喪主である夫に肩を抱かれている有り様だった。

読経が終わり、里見さんが退場する。私も棺に入れる花を用意するため、里見さんに続いてそっと式場を出た。

里見さんはそのまま廊下から式場を覗いている。火葬場へ同行するので、早く着替えてきたほうがいいのではないかと思ったが、そのまま動こうとしなかった。

「それでは、ここで寄せられた弔電を代読させていただきます」

幼い子供の葬儀であるため、弔電の数は少ない。祭壇の横に置いてあったものを昨夜チラリと見ていたが、一、二通しかなかったはずだ。

最初は、喪主である父親の勤める会社から。次は、祖父の所属する何かのサークルの仲間からだった。

「そして最後に……」

漆原の声が続く。「こちらは弔電ではありませんが、喪主様の強いご要望により、ご紹介させていただきます」

こんな展開は今までにない。何事かと思い、里見さんの横から式場を覗き込んだ。

「これは、喪主様から比奈ちゃんの母親である奥様へのメッセージです」

漆原の声に、里見さんが「なるほどね」と小さく呟いた。

「みなさま、棺の横に置かれた、大きな犬のぬいぐるみが見えますでしょうか。あちらは、比奈ちゃんのお気に入りのブルちゃんだそうです。ブルちゃんは、入院している時も、いつも比奈ちゃんの横で見守ってきました」

漆原は、抑揚を抑えた静謐な声で淡々と語っている。相変わらずその声は染み入るように心に寄り添い、こういう場面に最もふさわしく感じられた。

「ある時、看病に疲れ、病院で泣いているお母様を見た比奈ちゃんは、こう言ったそうです。『ママ、ヒナのブルちゃんをあげるからなかないで。ブルちゃんがずっといっしょにいるからさびしくないよ』と。それを横で聞いていた喪主様は涙が止まらなかったそうです」

式場からも、すすり泣きの声が上がる。

「ブルちゃんは比奈ちゃんの棺に入れようとお持ちになったそうですが……」

そこで漆原は喪主に顔を向けた。

「昨日、喪主様から私にお話がありました。これは、比奈ちゃんからお母様へのプレゼントとして、今後もずっと大切に持っていてもらいたいと。比奈ちゃんが、泣いているお母様に泣き止んでほしくて、プレゼントしようとした品なのだからと、それを伝えてほしいとおっしゃいました」

　昨夜、喪主が漆原を連れ出して相談していたのはこのことだったのか。

「これは、まだ深い悲しみにくれるお母様に、また一歩を踏み出す気持ちを持ってほしいという喪主様の願いでもあります。比奈ちゃんはブルちゃんとなって、これからもおふたりと一緒にいます。今はまだ光が見えなくても、これからも比奈ちゃんのことを思いながら、支え合って一緒に生きていこうという、喪主様から奥様へのメッセージです。それを私から伝えさせていただきます」

　漆原が語り終えた時、母親はわっと喪主の胸にすがって泣き出した。喪主はそれをしっかりと抱き締めた。

「やっぱり、生きている人って強いね」

　里見さんが嬉しそうに微笑んでいた。私も胸が熱くなった。

　出棺の時、比奈ちゃんの棺にはあふれんばかりの花々が入れられた。最後に、喪主に支えられた母親が比奈ちゃんの頬を撫で、大きな百合の花をそっと小さな顔の横に置く。

　それを見届けた漆原は、静かな声を発した。

「ほどなく、お別れです」

私たちは漆原の車で火葬場に向かっていた。

「漆原さん、最後のメッセージ、あれには驚きました」

私が言うと、漆原は前を見つめたまま、珍しく照れたように言った。

「今回の喪主は、若いのによくできた男だよ。あのメッセージを相談された時は、これで母親も救われると思ったね。あれだけ悲しみに沈んでいた妻を、自分のほうに向かせたんだからな。夫婦の愛情っていうのもなかなかのものだ」

「ああいうサプライズができる男って、モテるんだよね」

里見さんが、少しだけ羨ましそうに言う。

「結婚式でよくありますよね。それを葬儀でやるなんて、喪主さんの発想が素敵です。奥様を励まそうとする愛を感じますよ」

「サプライズも夫婦の愛も、俺には縁がないな。仕事だからやったが、読んでいて恥ずかしかったぞ」

「確かに漆原には一生縁がなさそうだね。さすがのお前も、愛情を知る男にはかなわないってことだ。もっと勉強しなきゃダメだよ？」

里見さんがからかうように言った。

「余計なお世話だ」

漆原は仕返しのようにアクセルを踏み込み、里見さんは後ろのシートで怯えた声を上げた。

「家族を持つと、きっとみんな強くなれるんですよ」

私は小さく呟いた。

比奈ちゃんは青い空に吸い込まれるように、煙となって高く、高く昇っていった。姉に導かれて、女の子ふたりの楽しい旅になっているに違いない。

比奈ちゃんの母親も、優しい夫の愛情に包まれながら、徐々に悲しみを癒やしていってほしいと思う。ふたりのそばでは、そっとブルちゃんが見守っているはずだ。涙が止まり、いつか母親に笑顔が戻ることを願いながら。


火葬場を後にした私たちは、里見さんを光照寺に送り届け、坂東会館へと向かって車を走らせていた。

「二日間お疲れ様。おかげで今回もいい式ができた」

「終わってホッとしました。難題を押し付けられた時は、どうしようかと思いましたが」

「やり遂げたじゃないか」

前を見たまま、漆原がくすりと笑った。

「なんとかできました」

「俺はできると思ったことしかさせないさ」

その自信はどこからくるのかと思ったが、里見さんが昨日言っていたではないか。漆原は空気を読むのがうまいと。その場の状況を見極め、自分のカードを最大限に活かすことができるのだ。確かに里見さんや私のものとは違った、漆原の才能ともいえる。

「漆原さんは、最初から姉が力を貸してくれると思って、私を連れていったんですか」

「守護霊ってのは、困っている時に助けてくれるものなのだろう？　違うのか？」

真面目な顔で言うので、すっかりあきれてしまった。

「もう。これだから〝見えない人〟は気楽でいいなぁ」

私が頬を膨らませると、漆原がニヤリと笑った。

「今回は始めから厄介だと思っていた。お姉さんはそのうちまた戻ってきて、君のそばにいるんだろうな。これからも俺の仕事に役に立ってくれるとありがたい」

隅田川に沿って車を走らせていた漆原は、車線を変えて細い道に入った。

「ちょっと寄り道しよう」

小さな公園に面した、レトロな喫茶店の前に車を停めた。

「入るぞ」

驚いて漆原を見ると、真面目な顔で唇だけがわずかに笑っていた。

「昨日の通夜の後、椎名にケーキを食べさせてもらう約束だったたんだろう？　クリスマスに大変な仕事をしたご褒美だ。ここ、自家製のケーキがなかなかうまいぞ。コーヒーもいける」

思いがけないクリスマスプレゼントに、自然と笑みがこぼれた。

第三話　紫陽花の季節

坂東会館の事務所にある、ホワイトボードを見るのが恐ろしい季節がやってきた。

出勤した私は、勇気を出して視線を上げ、大きなため息をついた。

真冬は葬儀場の繁忙期である。

施行予定を記したホワイトボードは毎日びっしりと埋まり、当日の式を終えても待っていましたとばかりに、すでに決まっていた次の葬家が書き込まれる。

担当するホールスタッフの欄には、社員である陽子さんは言うまでもなく、私の名前もすっかり常連となっていた。おまけに、陽子さんがホールスタッフのシフトを組んでいるため、漆原の式が入れば必ず私がその式場に配置されていた。陽子さんの言い分はこうだ。

「漆原さんが苦手なスタッフも結構いるのよ。私たちは免疫できているけどね。美空とは息が合っているみたいだし、よろしく」

結局いつも陽子さんにうまくのせられている。

バイトに追われているうちに、いつの間にか姉が戻ってきたらしい。年が明けて最初の式で里見さんに会った時に、「お姉さん、帰ってきたんだね」と言われて初めて気づくとは、相変わらずの鈍感ぶりである。おそらく、新年は私たち家族と迎えていたのだろう。戻った時に何かしら気づいていれば、「お帰り」なり「お疲れ様」なり言えたものを、相変わらずそっと寄り添うという態度は変えないようだ。

それよりも、目下の悩みは就職だった。

正直なところ、私はこのまま坂東会館で働いていたい。しかし、それをなかなか家族には言い出せずにいた。

不動産業界を諦めたあの日、もう一度考え直してみればいいと言ってくれた両親も、卒業までにはしっかりと就職先を決めるよう、それとなく急(せ)かしてくる。

二月になり、家族の手前、重い腰を上げて久しぶりに大学の就職課に行くことにした。

まだ冷え込む季節だが、総武線の窓を通して柔らかく差し込む日差しは温(ぬる)んでいる。

とりあえず、どこでもいいから入れる会社を探すべきかとも思ったが、会社員になった自分をイメージしようにも、まるで他人事のようだった。

御茶ノ水駅を過ぎ、ふと顔を上げると、神田川沿いの土手には梅の花が咲き始めていた。冬枯れの景色にぽつぽつと開いた鮮やかな白や紅色を見ていたら、急に目が覚めた。

やりたい仕事なんて、無理に探すものではない。私は坂東会館で仕事がしたいのだ。今、私が携わっている、葬儀の業界こそ、やりがいを感じてすんなりと自分になじんだものではないか。

そう思うと、急激に体中に血液が巡るような気がして、いてもたってもいられなくなり、水道橋駅で引き返した。就職課に行ったところでどうせ集中できないだろうし、一刻も早く母親に相談したいと思ったのだ。

早すぎる帰宅に驚いた母も、ただならぬ気配に何かしら感じ取ったようだった。

勇気を出して打ち明けると、「もうこの時期だと、よそは厳しいんでしょう？　美空が本気なら、坂東会館もいいかもしれないわね。でも、社員になっても、アルバイトの延長みたいな仕事でいいの？」と、困った顔で首をかしげられた。

今の私は、配膳が主な仕事である。母には、配膳係はバイトの仕事というイメージがあるのかもしれない。そのことにショックを受けたが、大学卒業後の職業として選んでいいのかという母の危惧も、少なからず理解できた。私は配膳だけが全てではないことをよく分かっているが、家族を納得させるにはどうしたらいいのだろうか。

バイトと正社員との壁にぶつかり、逃げるように夕方からのシフトになっていたバイト先に向かった。行き詰まった時は、いつも坂東会館に逃げ込んでいる。

かなり早く到着してしまったが、友引で昼間の式がないため、事務所はのんびりとした雰囲気だった。電話番をしていた陽子さんが、話し相手が来たとばかりに笑顔を見せた。

「陽子さん、聞いてくれますか」

昼食を食べそびれていたので、買ってきたパンを一緒にかじりながら顚末を話すと、陽子さんは当然のように坂東会館に来ればいいと言った。

「それが、アルバイトの延長みたいな仕事でいいのかって」

「配膳だけが仕事だと思われると、つらいなぁ。せっかく大学を卒業したのにって思われても、仕方のない部分はあるかもしれないね。実際、それだけじゃないんだけど、なかなか理解してもらえないいんだよね」

「陽子さんは？」

「実は私もバイト上がり。短大を出たら保育士さんになるつもりだったんだけど、こっちが楽しくなっちゃった。子供もかわいいけど、お年寄りのお相手も楽しいしね。うちの親はあんまりそういうこと気にしなかったけどなぁ。美空はひとりっ子だし、心配されているのかもね」

陽子さんは私の憧れでもある。この職場でもいつも明るく、それでいてご遺族に対する心遣いも細やかに行き届いている。漆原たち担当者とは違った面で、しっかりとご遺族に寄り添っていた。陽子さんは生まれ育ったこの地で、日々地元の人々を見送り続けている。

やりとりを聞いていたのか、近くの机でパソコンに向かって見積書を作っていた漆原が、ふいにこちらを向いた。

「だったら、葬儀をやる人間になったらどうだ」

私と陽子さんは、言葉を失って漆原の顔を見つめた。この男が口を挟んでくることも意外だったし、葬祭部で働くという発想がそもそもなかったのだ。

「それ、いいですね。うん、美空、そうしたらいい」

陽子さんが笑顔で立ち上がった。テーブルの上のコーヒーが揺れ、私は慌ててカップを押さえる。

「私に、できるんでしょうか」

漆原は再び画面に目を向けていた。「そんなもの、慣れればできる。本人の覚悟次第だ。最初は椎名だってひどいものだったぞ」

「だって、漆原さん、スパルタだもの」陽子さんが笑う。

「だけどあいつはめげずに付いてきた。そこだけは認めている」

「それ、本人に言ったら喜びますよ」

陽子さんの言葉に漆原は鼻で笑う。

そのやりとりを聞きながら、私の心にむずむずと湧き上がってくるものがあった。

「私も漆原さんに教わりたいです」

給湯スペースで煙草(タバコ)を吸っていた今夜の通夜の担当者、青田さんがたまりかねて笑った。

「漆原、お前モテるなぁ。教えてやれよ。前に社長が言っていたぞ、漆原の下に付けると人が育つって。いよいよ坂東会館にも女性葬祭ディレクターの誕生かな」

漆原が冷たい目で青田さんを睨(にら)む。「俺はもうここの人間じゃないんですけどね」

「そう言うなよ。支店みたいなものだろ？　社長はお前を頼りにしているんだ。そうだ、清水さんがひとり立ちできるまでの、預かりって形にしたらどうだ？　俺から社長に訊いてみるよ」

ベテランの青田さんは、かつては坂東社長とともに現場に出ていたこともあり、気軽になんでも言いあえる仲のようだ。そのため、社内でも頼りになる存在である。

「私も教育係は漆原さんがいいと思うなぁ。実際、青田さんなんて、過去に新人ふたりに逃げられていますしね」

「俺らの時代は、あれくらい厳しいのが当たり前だったんだよ」

ベテランも陽子さんの前では形無しである。

漆原は、私を見つめた。

私の心は決まっていた。

「本気でやるのか」

大きく頷く私に真剣さをみて取ったのか、「分かった」と漆原は小さく息をついた。

「使える人間がもうひとりほしいと思っているところでした。育てるのも悪くない。ちょうどこれから坂東社長と打ち合わせです。俺から話してみましょう」

そう青田さんに言った後、「それでいいか」と私に念を押し、「就職活動に一役買うわけだからな。仕事できっちり返してもらうぞ」と意地悪く笑った。

私が本格的に葬儀の業界で働きたがっているという話は、坂東社長を大いに喜ばせたらしい。

そこからの漆原は極めて迅速だった。「両親を説得してやる」と、わざわざ私の家に足を運んだのだ。

両親と、なぜか祖母まで出てきて、漆原を我が家に迎え入れた。

印象が大切だと常に言っている漆原らしく、仕事の時のように隙のない黒いスーツ姿で現れ、誠実で穏やかな人物像をしっかりと刻み付けることも忘れない。

これからの葬祭業界のこと、自分は坂東会館から独立した身だが、社長の信頼篤く、教育を任されたこと、そして私を自分のような立派な葬祭ディレクターに育てるということ。これらのことを、あの得意とする淡々とした語り口で流暢に述べ、すっかり私の家族をその気にさせてしまった。

漆原は「最後に……」と付け加えた。

「このような業界にお嬢さんが就職することに、不安になるお気持ちもあると思います。もっと明るい職場で働いてほしいと思われているかもしれません。ですが、決して希望のない仕事ではないのです。大切なご家族を失くし、大変な状況に置かれたご遺族が、初めに接するのが我々です。一緒になってそのお気持ちを受け止め、区切りとなる儀式を行って、一歩先へと進むお手伝いをする、やりがいのある仕事でもあるのです。しかし、時には感情をむき出しにされたご遺族と接し、つらい気持ちを味わうこともあります」

家族はじっとその声に聞き入っていた。漆原は続ける。

「結局は、人間が好きでないと務まらない仕事なのです。私は美空さんの仕事ぶりを拝見していますが、十分にその素質があると思っています。このような温かなご家庭で育ったためでしょうか、彼女には、親身になって相手を思いやることのできる優しさがあります」

聞いていて恥ずかしくなってしまうような言葉は、家族にというよりも、私にこれからの覚悟を言い聞かせているようにも思われた。

両親も祖母も、この言葉には納得するものがあったようで、漆原に「よろしくお願いします」と頭を下げた。

こうして私は、春から坂東会館で社員として働き始めた。ひたすら漆原を追いかける毎日だったが、相手が漆原だけに片時も気が抜けず、気づけば二か月が経っていた。

今年は空梅雨の予想がある通り、からりとして過ごしやすい。

目が覚めると、カーテンの隙間からは梅雨時とは思えない明るい光が差し込んでいた。

夢を見ていた気がするが、ぼんやりとして内容が思い出せない。漆原と行動をともにするようになってからというもの、疲れ果てて夢さえ見ないほど、毎晩熟睡していたのだ。

久しぶりに見た夢を忘れてしまったなんてもったいないと思いながら、母が朝食を用意してくれている居間へ向かった。廊下には味噌汁のいいにおいが漂っている。

ドアを開けると、真っ先に祖母が「おはよう」と声をかけてきた。

「あれ、おばあちゃん、今日はどうしたの」

祖母が朝食をともにするのは珍しい。このところ体調が悪いようで、私が出かけるまで起きてこないのだ。

「おはよう、美空。今日は病院の日よ。今回は予約時間を早くしてもらったの」

ご飯をよそいながら母が言った。祖母が月に一度通う病院は地域の中核病院で、いつも混雑している。予約していてもどんどん後ろにずれ込んで、予約時間などあってないようなものだと毎回付き添って行く母が愚痴をこぼしていた。それを見越して早い時間に予約をいれたようだ。

「最近、あまり具合がよくないみたいだし、しっかり診てもらったほうがいいよ」

お醤油を祖母に手渡しながら、その顔を見て、ふっと突然に夢の内容を思い出した。姉の夢だった。しかも、そこには祖母も一緒にいたのだ。ふたりで、家の近所の川を散歩していた。祖母が、姉と手をつないで歩いていた。姉はとても嬉しそうに笑っていて、それをどこかから見つめる私も、遠い過去の記憶を覗いているように、なんだか懐かしいような、切なくなるような、不思議な感覚になった。なんだろう、この気持ちは。

「どうしたの？　美空」

ぼんやりとしていた私に、祖母が不思議そうに首をかしげる。

「なんでもないよ」と首を振ると、新聞を読みながらお茶をすすっていた父親が、「おい、時間は大丈夫なのか」とさりげなく時計を示した。漆原は特に時間にうるさい。いや、社会人として時間を守るのは最低限必要なことだ。私は慌てて家を飛び出した。

その日は、仕事中も祖母のことが気になって仕方がなかった。ようやく仕事を終えて帰宅すると、疲れ果てたような母が、「私もついさっき帰ったところなのよ」と台所でお湯を沸かしていた。

「美空に心配かけちゃ悪いと思って電話もしなかったんだけど、おばあちゃん、今日から入院することになっちゃった」

驚いて、「そんなに悪かったの？」とすぐに聞き返した。

母は私を安心させるかのように微笑んだ。

「大丈夫よ。先生がね、しばらく様子をみてみましょうって。お父さんも会社の後で寄ってくれて、一緒に帰ってきたの。ほら、おばあちゃんも心細いだろうし、面会時間が終わるまでいてあげたほうがいいでしょう？」

母がすまなそうに、三人分のお弁当を袋から出してテーブルに並べた。

「今夜はこれでがまんしてね」

その夜は、みんな言葉少なにお弁当を口に運んだ。心配ばかりしていても仕方がない。私も早めに会いに行って祖母の顔を見れば、安心できるだろうと思った。

寝る前に、ひっそりとした祖母の部屋に入り、仏壇に線香を立てて手を合わせた。

「おばあちゃんが早く帰ってきますように」

翌日、漆原と私は仕事の合間によく利用するファミレスにいた。

窓からは、夜に変わろうとする空が濃紺と群青と、わずかに残った夕日の朱色と、刷毛(はけ)で掃いたように三色に塗り分けられているのが見えた。

かつての職場だった事務所を、当然のように利用している漆原だが、移動途中の打ち合わせでは、食事を兼ねて、スカイツリーにも近いこのファミレスを使うことが多かった。静かな店よりもにぎやかで広い店のほうが、私たちの存在が浮かないと思っているのだ。

急に入った打ち合わせの帰りだった。

今回もまた、坂東社長から入った仕事だという。そういう場合は、たいてい漆原が〝適任〟だと思われてまわってくるので、とにかく急なことが多かった。

漆原はさっさと和定食を平らげ、ゆっくりと食後のコーヒーを飲んでいた。かなりのコーヒー好きで、一日に三、四杯は飲む。ちなみに食事は和食を好む。

私はまだ半分ほどしか減っていないチョコレートパフェを、必死になってつついていた。

グラスのふちに引っかかったバナナを落とさないように、慎重に真ん中のチョコレートアイスへとスプーンを差し込む。それを冷ややかに見つめていた漆原がため息をついた。

「いつになく真剣だな。どうして甘いものばかり食べるんだ？　ちゃんとメシを食え」

「仕事の時は食欲がなくなっちゃうんです。冷たくてのど越しがいいものしか入らないというか……」

見られていたことに恥ずかしくなりながら応えると、漆原はあきれた顔をした。

「食欲がないのに、高カロリーなパフェとは矛盾しているな。次は蕎麦でも食べろ」

危うく納得しかかったが、今後、勝手に蕎麦を注文されても困るので、慌てて反論した。

「いえ、甘いものが好きなんです」

「それは見れば分かる」

漆原はコーヒーカップを口元に近づけたまま、私を見てニンマリと笑った。失礼な男だ。

しかし次にはいつも通りの感情に乏しい生真面目な表情に戻って、やや声を落として言った。

「先ほどのご遺体だが……」

たとえ一番奥のボックス席でも、ファミレスでする会話ではない。そもそも私たちはふたりとも黒のスーツ姿で、おまけに線香の香りが染みついている。それだけでも十分に目立つ存在だった。

「君は見ていないのに食欲がないのか？」

漆原の言葉に、私はご遺体の状態を色々と想像してしまい、パフェグラスの底のバナナをいじっていたスプーンから思わず手を放した。

今回の故人はまだ若い女性だ。松木奈緒さん、二十九歳。亡くなるには早すぎる。打ち合わせに伺った彼女の家で、漆原がご遺体のある和室にいる間、私は隣の居間で喪主である故人の父親の話し相手をしていた。あまりの落胆ぶりに、漆原がそばにいろと言ったからだ。

「指が一本なかったな。包帯が巻かれていた」

漆原は眼を細めて、すっと指を立ててみせた。

「指ですか」

私は眉をひそめる。

毎回打ち合わせの際に、漆原は遺族に許可を取ってご遺体と対面する。今回は、自宅で布団に寝かされたままの状態だった。

神妙な面持ちで手を合わせ、深く頭を下げてから厳かに覗き込むので、全く違和感を与えず、一種の儀式のようにさえ思わせる。しかし、ご遺体の観察は漆原の趣味なのだ。本人はこれを対話と呼んでいる。

あまりにも長くご遺体を見つめているために、遺族はかえって「こんなに親身になってくれる葬儀屋さんが……」と勝手に勘違いをし、漆原への信頼度を高めるものだから、私はいたたまれない気持ちになる。

「どこか違和感があったな。だから君も食欲がないのではないのか？　ご遺体を見ていなくても」

漆原は霊感があるわけではないが、鋭い観察眼を持っている。

漆原と行動するようになって気づいたことだが、実際のところ、どの葬家を訪れても家中は悲しみの空気で満ちあふれている。

先ほどの松木家も、密度の濃い、暗い悲しみで満ちていた。故人の父親しか家にいないにしては、かなりの程度だった。ご遺体に残る想いも混じり合っているのかもしれない。漆原に言わせてみれば、何らかの死者の気持ちの残滓があることが分かるだけでも役に立つらしい。

「お父様ひとりだけにしては、やけに悲しみのエネルギーが大きかった気がします」

言い終わると、急いで最後のバナナを飲み込んだ。これ以上、恐ろしい話を聞かされる前に食べ切ってしまおうと思ったのだ。頼んでおいたコーヒーがすぐに私のところにも運ばれてきた。

「明日はご遺体を迎えに行く。その時には、じっくりご挨拶してみろ」

ご遺体と一対一で向かい合えと言っているのだ。

「指はどうしたんでしょうか」

「さあね。喪主は何も言わなかったしな」

「喪主は父親でしたね。故人は独身だったということでしょうか」

故人の両親は離婚しており、母親とはこれから連絡を取ると言っていた。父娘ふたりの生活する家は、ひっそりと冷え切っていた。

「そうなるな」

「子供に先立たれる親は、いつ見ても痛々しくて切ないですね」

ふと自分の両親や祖母の顔を思い浮かべた。死ぬほうだって、親に悲しい思いをさせたくはないだろう。

「ましてや、嫁入り前の娘だったらなおさらか」

漆原も何か思うところがあるのか、顎に指をあてて考え込むように呟いた。

「僧侶はどうしましょう？　うちにお任せするって言っていましたよね」

葬家がすでにどこかの寺の檀家であれば問題はないが、そうでない場合は宗派に合わせて葬儀社が手配することになっていた。

「里見を使う」

「里見さんだって都合があるでしょう。確認してみます」

私がバッグから携帯を出そうとすると、漆原は笑って首を振った。

「大丈夫、あいつはいつでもヒマだ」

「里見さんの家はあんなに大きいお寺ですよ？　忙しいんじゃないでしょうか」

漆原はもう一度おかしそうに笑った。

「忙しいのは父親と兄上たちだけさ。今日みたいに天気のいい日は、清澄庭園の鯉でも眺めに行っていたはずだ」

清澄庭園は光照寺からも遠くない。散歩コースだと言われればそれまでだが、漆原の言葉を鵜呑みにすればやはり変わっている。前から不思議に思っていたが、里見さんは漆原の仕事を断ったことがない。どこか個性的な僧侶だから、他の式ではお呼びがかからないのだろうか。

「安心しろ。俺が連絡しておく」

「お願いします。式場は坂東会館でいいんですよね。それなら、送迎車もあるから便利ですけど」

「もともと、坂東からまわってきた仕事だしな」

漆原は独立してまだそう長くはない。特に営業活動もしておらず、相変わらず以前所属していた坂東会館からまわってくる仕事ばかり行っている。大手の葬儀会社と動いているほうが、式場の手配など融通が利くのだ。

「どうしてお亡くなりになったんですか？」

猫舌の私がようやくコーヒーに口をつけると、漆原は待ちきれないと思ったのか、ウエイターを呼んでお代わりを注文した。

「病死だそうだが、何かありそうだな。病気で指がなくなるか？　前々から何らかの理由で欠損しているのだったら、いまさら包帯なんか巻かないだろう？」

担当の漆原は、喪主に代わって提出する死亡届を預かっていた。添付の死亡診断書には心不全とあったそうだ。

「自殺？　他殺……はないですよね？」

「自宅で亡くなったようだが、警察は介入していない。何らかの持病があって、かかりつけ医はいたみたいだな」

そう言うと、テーブルに肘をつき、両手の指を組み合わせた。

「おそらく自殺だ」

「自殺で、坂東会館が漆原さんに仕事をまわすんですか」

「指のせいだろう」

「指」

「そうだ。自殺自体は珍しくもない。それをいちいち俺にまわすわけはないだろう。指がないのを気にしているのさ」

「自ら命を絶った方も、何かしら抱えているものがありそうですけど」

「いや、案外さっぱりしたものだ。死にたくて死ぬんだからな。病死や事故死のほうがよっぽど未練があるだろうよ」

「そういうものですか……」

初めて漆原と出会ったのも自殺者の式だったことを思い出した。あの時も里見さんが呼ばれていて、そんなことを言っていた気がする。

漆原の前にコーヒーが運ばれてきた。二杯目にはミルクをたっぷりと入れ、ゆっくりとかきまわす。

「それで、指はどうされたんでしょう」

私はことさら丁寧にスプーンを使う漆原にじれて、急かすように訊いた。

「以前、ある担当者が坂東会館で片方の足がないご遺体の式をやったことがある。故人はまだ若い男性だった」

「足？　事故ですか」

「そう。トラックに轢かれて、右足が切断されていた」

何となく想像していたが、あまりにもストレートな漆原の表現に、私は言葉をのみこんだ。

「そうしたら、ずっといたんだよ。通夜も告別式も、故人が自分の右足を探してウロウロしていたらしい。もちろん、見える人にしか見えないが」

「故人の気持ちも分かりますが、見たくないですね……」

また迷子だ。特に未練がなくても、状況が分からず、行き先も分からない死者たちは時々姿を現してしまう。

「そのうち、理解して自然と消えてくれるものだが、中には鈍感な方もいるからな」

漆原に言われるとにべもない。

「その時は、遺族も会葬者もかなりの人が見てしまったようで、対応が大変だったらしい。確かにパニックになるな。足を探す故人のほうはのん気なもんだ。よっぽど見つけたかったんだろうが」

それだけ思いが強烈だったということか。

「それで、今回は漆原さんに」

「俺はそういう式が専門だからな」

漆原は自信に満ちた笑みを浮かべた。

「そんな式にならないように、死者も遺族も納得のいくものにする。分かっているな？」

凄みのある笑いは、私をゾッとさせた。時々、漆原の自信が恐ろしくなる。

「なくなった指に何かあるんでしょうか」

「里見が来たら、もっと話してくれるだろう。もちろん君が訊いても構わないのだが」

「いえいえ、私ごとき、里見さんの足元にも到底及びません」

彼ならば、私などよりよほど正確に気持ちを分かってあげられるだろう。

私がカップをソーサーに戻すのを待って、漆原がスケジュールの確認を始めた。態度は荒っぽいが、几帳面で綿密な男なのだ。

「明日は寝台車でご遺体をお迎えに行く。坂東会館の霊安室に安置して、明後日の通夜当日に納棺だ」

「はい、寝台車は午前中しか空きがありません。少し早いですが、十時にはお迎えに伺います。車は手配済みです」

　知識も経験も、何もかもが足りない私は、まずは事務仕事だけでも役に立ちたいと手帳を開いて確認した。この二か月でおおよその流れは把握できている。

「分かった。さて」

　漆原は両手の指を組み合わせると、その上に顎をのせて上目づかいに私を見た。

「納棺までにひと仕事だ。指を探すぞ」


　翌朝、坂東会館に行くと、いつものように漆原の車があった。

　その隣には、黒塗りの寝台車が停まっていた。運転席の後ろにストレッチャーが入る構造になっている。よく磨き込まれて、車体が鏡のように光をはねかえしていた。

　漆原は相変わらず無表情で立っていた。一緒にいるのは椎名さんだ。

「おはよう、清水さん。だいぶ黒いスーツが板についてきたね」

　椎名さんは坂東会館では貴重な好青年である。無愛想な漆原と一緒にいると、よけいにその明るさと爽やかさが際立って見える。漆原と何年も一緒に仕事をしたというのに、あの性格に汚染されなかったのは尊敬に値する。

「椎名が手伝ってくれるそうだ。引き取りは意外と力仕事だからな」

漆原はそう言ったが、絶対に無理やり連れてきたに違いない。

確かにご遺体の引き取りは大変な仕事だ。特にそれがご自宅からとなると、病院の霊安室からの比ではない。何倍も気を遣うし、家の間取りの問題に加え、今回は床に延べられた布団から抱え上げなければならない分、力も必要になる。

「私もわりと力はありますけど」

私が両手の拳を胸の前でぎゅっとにぎってみせると、漆原はあきれたようにため息をついた。椎名さんはその横で苦笑している。

「打ち合わせの時、ご遺体を見ていないからさ」

今ひとつ理解できず、きょとんとしているところを無理やり寝台車に押し込まれた。

「行くぞ。運転は椎名だ」

「漆原さんは相変わらず人使いが荒いなぁ。道だって知っているくせに」

「ナビに登録しておいた。俺は自分の車で行く。後ろに付いていくから、間違えるなよ」

椎名さんは文句を言いながらも運転席に座り、エンジンをかけた。いつまでたっても漆原には逆らえないのだ。

漆原は助手席の窓をコツコツと叩(たた)くと、念を押すように私に言った。

「喪主には遺影用の写真を頼んである。それを受け取ったら、加工の手配だ。忘れるな」

椎名さんの運転はとても丁寧で、何度も睡魔と闘うことになった。漆原の運転はとにかく荒い。私は終始ハラハラし通しで、どんなに疲れていても眠くなることはなかったのだ。

車は隅田川を渡り、鳥越神社にほど近い、松木奈緒さんの家に到着した。蔵前橋通りから少し入った閑静な住宅地だった。道路が狭いため、椎名さんが邪魔にならないように気を遣いながら寝台車を停めていた。漆原の車は近くのパーキングだ。

コンクリートの塀が住宅を囲んでいる。敷地も広い立派な日本建築の家屋だった。古いわけではないので、あえてそうデザインしたものだろう。

私たちは持参した白い手袋をはめた。そうすると、なぜか毎回気持ちがきゅっと引き締まる思いがする。

門に付けられた呼び鈴を鳴らすと、待ち構えていたかのようにすぐに喪主が顔を出した。

昨日と同じ、疲れ切った顔をしている。

先頭に立った漆原は、深く腰を折って丁寧に挨拶をすると、労わるような表情で心配そうに喪主の顔を覗き込んだ。

「ちゃんとお休みになりましたか。心中お察しいたしますが、それではお体にさわります」

後ろに控える私と椎名さんは、先ほどまでとはあまりに違う漆原の態度にあっけに取られながらも、神妙な面持ちをひたすら保つ。

薄暗い玄関に入ると、ひやりとした空気の中に線香の香りが漂い、かすかな死の気配が感じられた。椎名さんがストレッチャーを玄関先まで運び入れ、漆原と私は和室へと通された。昨日と同じように、布団に寝かされた奈緒さんの枕元では線香が細い煙をくゆらせていた。冷房が効いていて寒いくらいだ。

昨日の漆原の話を思い出し、自分でも鼓動が速くなっているのが分かった。一体、どんな状態のご遺体なのだろう。

漆原に目で促され、布団の横に座った。ひっそりと横たわったご遺体は、ドライイスの分を考慮しても、かなりの厚みがあった。手を合わせてから、顔にかぶせられた白い布をめくり、女性にしてはずいぶん大柄な故人に思わず息をのんだ。

勝手にやせ衰えたご遺体を想像していたため、手が震えてしまい、漆原を振り返った。漆原は厳しい表情で私を睨みながら、さっと横に座って手を合わせた。

椎名さんが入ってくると、ふたりはご遺体を静かに、恭しく抱え上げた。そして恐るべき素早さで玄関先のストレッチャーに乗せ、寝台車に運び込んだ。

その間、私は動揺を必死に抑えながら、和室の手前の居間で、喪主から遺影用の写真を受け取っていた。遺影に関するご案内だけが、今の私に任された唯一の仕事だ。

一番きれいに写っているものを選んだという写真は、あろうことかウエディングドレス姿だった。それだけでも十分に驚かされたのだが、ドレスを着た奈緒さんの姿が私をさらに混乱させた。ほっそりと華奢な奈緒さんが、レースの尾を引いて、すらりと姿勢よく立っていた。あまりにもご遺体の体型と違う。

私はひとつ息を吐いて落ち着こうとした。平静でいることがこの仕事の絶対条件だ。

「加工はどういたしましょう。お顔はもちろんこのままで、お洋服を和装、洋装と変えることができます」

喪主はよく分からないといった表情を浮かべ、濁った眼で私を見つめた。あまり眠っていないのだろう。まだ若い娘の死と、死に至るまでの心労で、感情が抜け落ちてしまっているかのように、表情も動きも全てがぼんやりと緩慢だった。

今までにも身内を失い、パニック同然になっている遺族を何度も見てきた。彼らとは、故人を思う共通の気持ちをよすがとして、分かり合うしかないのだ。

「お嬢様、とてもおきれいですね。こちらは結婚式のお写真ですか。ご遺影ですから、せっかくのお写真ですが……」

「ああ、ドレスはふさわしくないってことだね。どうすればいいのかな」

「そうですね、お若い方は洋装にされることが多いですよ。きちんとしたほうがよければ、襟のあるブラウスや、スーツなども……」

参考の写真を見せようとすると、喪主は遮った。

「じゃあ、そうしてください」

「背景にも色々なパターンがあります。故人様の生前のお人柄を偲ぶようなものをお選びいただけるんですよ」

パンフレットを示しながら説明する。喪主はチラリと眺めただけで、すぐに返事をした。

「へぇ、風景なんてあるんだね。でも無地がいいな。あまり奇抜でないのがいい。この薄紫色のものにしてもらえるかな」

「かしこまりました」

私は丁寧に写真を受け取り、持参した封筒にしまった。いつの間にか漆原が横にいて、後を引き継ぐように、通夜と告別式の段取りを説明していた。

坂東会館に戻り、ストレッチャーを押して地下の霊安室にご遺体を運んだ。五体までご遺体を収容できる、コンクリート壁の密室めいた部屋である。いつでも寒いくらいに冷房が効き、染みついた線香の香りと薄明かりのせいで、荘厳な雰囲気を漂わせている。

奈緒さんを乗せたストレッチャーは、薄い壁で仕切られた、一番右側のスペースに収められた。漆原はドライアイスの状態を確認し、私は枕元の台の香炉や花の位置を直すと、ネームプレートを置き、線香を立てた。空気の動きのない部屋の中、まっすぐに細い煙が立ち上る。私と漆原は静かに手を合わせた。

ご遺体は沈黙を守っている。ストレッチャーに乗せられる前に、チラリと見えた左手の白い包帯がやけに鮮明に記憶に残っていた。

霊安室に施錠し、鍵を返すために事務所へ戻ると、ふわりとコーヒーの香りが漂ってきた。見れば椎名さんがのんびりとコーヒーをすっている。前日に担当する告別式を終え、今は順番待ちの状態のようだ。そのために漆原に手伝わされたらしい。

今日の坂東会館は珍しく昼間の式は入っておらず、誰かしら常駐しているホールスタッフの姿もなかった。明日は友引のために通夜もない。統計的な根拠はないが、穏やかな気候の季節だけにみられる光景である。

椎名さんは私たちを見て、「飲みますか」とカップを掲げた。

漆原は、「悪いな」と、さっさと椅子に座る。椎名さんはふたり分のコーヒーを淹れてくれ、漆原の向かい側に座りなおした。入り口近くに置かれた大きなテーブルは、作業台になると同時に共用スペースでもある。

「清水さん、遺影用の写真、見せてくれるかな」

椎名さんは待ち遠しくてたまらないというように身を乗り出した。私はバッグから封筒を取り出し、そっとテーブルの上に写真を引き出した。

写真加工の技術はたいしたもので、たとえ小さなスナップ写真からでもきれいに拡大して遺影に仕上げることができる。お借りするのはスナップ写真が大半なのだが、今回はきちんと写真館で撮られた花嫁衣裳の写真だ。おそらく前撮りしたものだろう。

「きれいな人ですねぇ」

椎名さんがため息交じりに素直な感想を漏らす。

「ええ。遺影が花嫁姿の写真なんて悲しすぎますけどね」

改めてじっくりと写真を眺めると、椎名さんの感嘆が分かるほど、確かに美しかった。

目を細めて優しげに微笑む白い顔を、純白のドレスが眩しく輝かせていた。胸元はシンプルだが、腰のあたりからふわりと広がったレースの繊細な模様が、いっそう彼女の細身の体を引き立てている。手に持っているブーケもまた真っ白で、細やかな花をたくさん付けたものだ。わずかに添えられた葉の緑が爽やかである。さらに、淡いグリーンの背景がひときわ彼女の姿を鮮やかに浮き上がらせていた。

「ブーケはアナベルですよ。真っ白い花がびっしりついていて、これだけでもレースみたいですよね。センスもいいなぁ」

私がうっとりと口にすると、椎名さんが首をかしげた。

「紫陽花の一種で、アナベルという品種なんです」

さも詳しそうに説明したが、実はたまたま昨夜見た写真集の受け売りである。紫陽花の名が、「青い花が集まって咲く」という意味の大和言葉を語源としているのに対して、外来種の純白の花はまた違った趣があり、きれいだなと思ったので覚えていたのだ。

椎名さんは「さすが女の子だねぇ」などと感心しているので、それ以上よけいなことを言うのはやめておくことにした。

さらにじっくりと写真に見入った椎名さんが再び口を開く。

「髪の飾りも加工しないといけないね。外して、地髪の流れに合わせちゃえばいいけど、きれいな写真だからもったいないな」

「椎名の好みか？」

「一般的な感想です」

ふたりがじゃれているのを無視して、一番違和感を持っていることを切り出した。

「いつ、撮られたものなのでしょうか」

椎名さんが眉を寄せ、考え込むように再び写真に視線を落とす。

「もともと若い人だから分かりにくいなぁ。ほら、お年寄りだと、明らかに大昔の写真を出してくる場合もあるでしょう。ご遺族には、元気な頃の姿が一番思い入れがあるんでしょうね。ついこの前もありましたよ。ご遺体には髪の毛なんてないのに、写真ではやけに頭が黒々としているおじいちゃん。闘病生活が長くて、もう何年も写真を撮っていなかったんだそうです。おじいちゃんを懐かしみながら、古い写真を引っ張り出して、じっくり選んだそうですよ。そう思うと、たとえ古いスナップ写真でも、大切に扱わなくちゃって思うんですよね」

椎名さんが長々と、それなりにいいことを言っているのを、あっさりと無視した漆原は、静かにコーヒーをすすった後で言った。

「清水さんが言いたいのは、写真とご遺体の体型があまりにも違うということだろう」

「そう。そこなんです」

漆原には私の考えなんて全てお見通しだった。

写真の彼女は、痩せすぎと言えるくらいにほっそりとして、だからこそ清楚なドレスとふんわりとしたレースがよく似合っていた。

「若い女性に、体型の話はどうかと思って避けていたのに、ふたりともはっきり言うなぁ。確かに、ちょっと同一人物とは思えないけどね」

椎名さんはご遺体に気を遣っていたらしい。そもそも、自分たちで奈緒さんを寝台車に乗せたのだ。気づかないはずがない。最初から私と漆原では運ぶのが難しいと分かっていたから、椎名さんも駆り出されたのだろう。

「ふくよかなご遺体でしたもんね。ストレッチャーに乗せるまで、正直言うと結構つらかったな。ご結婚して幸せ太りかな?」

ふたりとも涼しい顔をして運んだと思っていたが、実際はかなり大変だったらしい。

「ダンナはどうしたんだ?」

ふいに漆原が言った。

「昨日も今日も気配すら感じませんでしたよね。一貫してお父様が仕切っていらっしゃいましたし。あれ、実のお父様ですよね？　故人のお母様とは連絡を取るとおっしゃっていましたが、ご主人のことは何も言っていませんでした」

「奈緒さんも離婚したのか？」

「たとえ離婚して実家に戻っていたって、亡くなったら、ダンナさんだった方に知らせませんか？　それに、もしそうだったら結婚式の写真なんてお父様も選ばないでしょう」

「離婚の事情なんていくらでもある。父親が娘の離婚を否定的に捉えているとは限らない」

　そこへ椎名さんが割って入った。

「父親にとって娘って特別ですよ。理由はどうあれ、離婚したダンナに好意的な印象は持たないと思うな。そんな相手との幸せそうな写真を選ぶってどうなんだろう。僕なら絶対にありえません」

　まるで娘がいるような口ぶりだが、まだ独身であり、彼女がいるという話も聞いたことがない。それでも、漆原よりは人の気持ちの機微を分かっていそうな気がする。

「ダンナさんの影が見えない以上、離婚したと仮定すると、ストレス太りでしょうか。

ご実家に帰り、失意のうちに過食に陥り……」

私は体型の話に戻す。病死したというのも頷けるほど、著しく肥満したご遺体だったのだ。

「それもあるな。そしてあの指だ」

「左手の薬指！　結婚指輪だ」

私と椎名さんは同時に叫んでいた。

その時、勢いよく事務所のドアが開いた。

「にぎやかだね。楽しい相談なら僕も混ぜてよ」

やけにはつらつとした声がして、にこやかに登場したのは里見さんだった。

「里見さん」

がばっと勢いよく椎名さんが立ち上がり、腰を折って挨拶をする。まるで敬礼のようだ。

「ご無沙汰しております」

里見さん本人というより、実家である光照寺は、坂東会館が契約している真言宗豊山派寺院であるため、若手の椎名さんは反射的に低姿勢になってしまうようだ。

「椎名君、そんなにかしこまらなくても」

里見さんはいかにも気さくに椎名さんの肩をポンポンと叩いた。

相変わらず、何度会っても僧侶らしくない。

いや、きれいに剃り上げた頭と、黒い僧衣の姿を見れば確かに僧侶なのだが、形のいい頭に、色白で整った容貌、常に笑顔で明るい里見さんはつかみどころのない存在だった。

この僧侶がいるだけで、どんなに張りつめた状況でも場が和むのを何度も経験している。

「里見、呼び出して悪かったな。まぁ、どうせ忙しくもないだろうが」

「ひどいなぁ、漆原」

通夜に先立って、里見さんにご遺体との対話を依頼していたようだった。漆原も口で言うよりもずっと、失われた指のことを気にしているのだろう。

「里見さんもコーヒー、飲みますか」

椎名さんが訊くと、里見さんは静かに首を振った。

「いや。漆原、先に仏様に会わせてもらえるかな」

漆原は頷く。

「分かった。こっちだ」

当然のように私も付いていこうと、返したばかりの霊安室の鍵を保管庫から出したところで、さっと漆原に取り上げられた。

「君は写真加工の依頼に行ってこい。今回は修整箇所も多いからな。こっちは俺と里見でいい」

呆然(ぼうぜん)としてしまった。時々、こうした漆原の行動が理解できない。里見さんと奈緒さんの対話に立ち会いたいという、私の気持ちを分かっていながら連れていかないのだ。

漆原はさっさと事務所を出てしまい、里見さんはすまなそうに片手を上げて後に続く。取り残された私は、付き合いが長いふたりに入り込めない自分にもさびしさを感じていた。

一連のやりとりを見ていた椎名さんが、同情するような表情を見せる。

「漆原さんは相変わらずだね。苦労するなぁ、清水さんも」

椎名さんも漆原の下にいた時に、今の私のように数々の理不尽に耐えてきたに違いない。

「でも、漆原さんの言う通りにしていれば、間違いはないよ。色々考えがあってのことだと思うし。本気で嫌になった時はここに帰っておいで」

私は目を潤ませて頷いてしまった。

遺影のほかにも、通夜や告別式といった一連の儀式を行うには、たくさんの準備が必要だ。

喪主と打ち合わせした通りの棺（ひつぎ）や祭壇、お花、お供え物、料理、返礼品や礼状、様々な手配や確認が必要になる。手配はほぼ漆原がすませていたが、それらの確認作業は私の仕事だった。事務所の電話と自分の携帯をフル活用してそれらをこなしていると、漆原が戻ってきた。ひとりだった。

「里見さんは？」

「帰った。疲れ切っていたぞ」

そう言いながら、私が使っている書類の広げられた机に手をつくと、向かい側に座った。

漆原にしては珍しく荒っぽい動作だった。

「そんなに大変だったんですか。漆原さんは大丈夫ですか」

里見さんの疲れ切った様子など想像できない。

「ああ、俺は霊感もないしな。君は一緒に行かなくてよかったかもしれない」

正面に座る漆原を見れば、その顔も青ざめているようだった。

「あの、漆原さん……」

私は声を潜め、重ねられた書類やパンフレットの上に身を乗り出した。

「なんだ」

「もしかして、松木奈緒さん、ものすごい悪霊になっちゃったんですか」

漆原は伏せていた顔を上げ、あきれたように私を見た。

「貧困な発想だな。そもそも、悪霊の定義が俺には分からない」

「だって、あの里見さんまで疲れ切ってしまったんでしょう？　徹夜で〝あちらの方〟を説得して、翌日には立派にお経を上げる人ですよ？　それに、漆原さんも顔色が悪いし。生気を吸い取られちゃったんじゃないですか」

経験的になんとなく分かるのだ。霊体験とは、自分のエネルギーを相手に与えてしまっているようなものである。私の力を得て相手は訴えてくる。要するに付け入られやすいということだ。

「そんなことはない」

そう言いながら、漆原は手のひらで自分の頰に触れた。強がっているだけで、実際にはかなり疲れているようだ。里見さんは大丈夫だろうかと心配になった。

「うまいコーヒーが飲みたいな」

椅子に座ったまま、大きく伸びをしながら漆原が言った。

「はいはい」

私は立ち上がって、給湯スペースへと向かった。

落としたてのコーヒーに、大量にミルクと砂糖を入れた漆原は、それを半分まで一気に飲み、ようやく人心地ついたようだった。

「どうだったんですか」

声をかけるタイミングを計っていた私が身を乗り出すと、漆原はチラリと顔を見て立ち上がった。珍しく自分でコーヒーを注ぎ足している。

そのままドアのほうへ向かい、私を振り返った。

「行くぞ」

「はい?」

「地下の和室だ」

私は慌てて机の書類をまとめ、自分のカップを持つと、漆原の後に続いた。

坂東会館の地下一階には、霊安室のほか、料理部、生花部、そして遺族との打ち合わせや僧侶の控室として使用する六畳の和室がひとつある。

階段を下りながら、漆原は吐き捨てるように言った。

「事務所の奴らが、俺たちの話に興味津々だったからな。そんなに知りたいなら自分で担当してみろってもんだ」

事務所には、葬儀を担当する葬祭部の社員が何人かいた。誰もが漆原の仕事を気にしているのはよく分かった。

「みんな、怖いもの見たさですよ。ところで、人に聞かせられないような話なんですか」

和室の横は霊安室である。普段からこの和室が、ひやりとして居心地が悪い気がするのは、決して窓のない密閉空間で、気温が低いためだけではないと思う。

「清水さん」

漆原が畳に座るなり、顔を覗き込んだ。

「はい」

「最近、何かあったか?」

「えっ」私は驚いて顔を上げた。「どうしてですか?」

「お姉さんが離れているみたいだな。さっき、里見が『いない』って言っていたぞ。いつからだ?」

唐突な言葉に頭が真っ白になった。確かに奈緒さんの件以上に、事務所でできる話ではない。長いこと呆然とし、思わず自分の肩や背中に腕をまわして振り返ってみても、当然ながらそこに姉の気配を感じることもない。それを見ていた漆原がため息をついた。

「なんだ、気づいていなかったのか。相変わらず……」

「『鈍い』とか『鈍感』はやめてくださいね。自分でもよく分かっているんですから。漆原さんに言われると、よけいに傷つくんです」

私は耳をふさぐ。それを黙殺した漆原は、淡々といつもの調子で続けた。

「里見はすぐに気づいたみたいだぞ。心配していた」

さすが里見さんだ。言われてみれば、霊感のない漆原でさえ体力を奪われてしまうほどなのに、私が奈緒さんからほとんど何も感じ取れていないのは明らかにおかしい。二日間もご遺体の近くにいながら、それに気づかなかったなんて、どれだけ鈍いのかと恥ずかしくなった。

「お姉さんはどこに行ったんだ？」

この男にとっては、私が役に立つかどうかが問題なのだ。一度そう思ってしまうと、体の熱がすうっと引いていくように感じられた。

「心当たりはあるか」

漆原が私の目を見つめた。「なんでも言ってみろ。俺は君の上司だしな」

漆原らしからぬ言葉に、里見さんが何かあれば相談に乗るように仕向けた気がして、少しだけおかしくなった。

その時、先日見た夢での、手をつなぐ祖母と姉の姿が、鮮明に心に像を結んだ。心当たりはこのひとつしかない。

「漆原さん」

「どうした」

「姉は、祖母のそばにいるのかもしれません」

漆原は不思議そうな顔をした。家庭のことなど、いちいち話すものではないと黙っていたが、一昨日(おととい)、祖母が入院したことを伝えた。

「もともと心臓がよくないのですが、最近また調子が悪かったんです。姉はおばあちゃんっ子だったそうなので、そちらに付いていったのかもしれません……」

確信がないので声は小さく、語尾はほとんど消え入るようになってしまった。それよりも、急に夢の内容が気になって、落ち着かない気持ちになった。

「そうか。君の家は仲がいいものな」

漆原は真面目な顔で呟き、黙ってしまった。

沈黙を破るように漆原の携帯が鳴った。ただでさえ静かな地下の密室である。その音はやけに甲高く響く。

「はい、漆原です。ああ、どうも」

地下シェルターのような和室では聞き取りにくいのか、漆原はさっと立ち上がり、部屋を出ていった。

私の心の中では、不安と、自分のふがいなさがぐるぐると渦を巻いていた。

卓袱台(ちゃぶだい)に置いたカップからコーヒーを一口飲んだ。とうに冷え切っていて、苦いばかりで少しも美味(おい)しくない。でも、その味がかえって気持ちを奮い立たせる刺激となった。

私はそっと壁に触れた。向こう側は奈緒さんが眠る霊安室だ。指に伝わる、固くひやりとした感覚は、死者の世界と私たちの世界の厚い隔たりを示すようだ。

(あんなにきれいなウエディングドレス姿のあなたに、一体、何があったんですか)

心の中で問いかけた。姉がいないとしても、今までの経験で感じ取る感覚はなんとなく分かっている。それに集中した。

(真っ白なドレス、よくお似合いでしたよ。私なんかじゃ絶対にあんなに繊細なレースのドレスは着こなせないから、憧れちゃいました。ブーケも素敵でしたね。小さなお花がいっぱいついた白い紫陽花。奈緒さんの清楚な雰囲気にぴったりでした。奈緒さん、一体何があったんですか。どうしてそんなに悲しんでいるんですか）

その時、壁に触れている指先にピリッと電流が走った気がした。頭の中に、自分のものではない意識が広がるような、不思議な感じがする。久しぶりの感覚だ。私はぴたりと壁に手のひらを押し当てた。

来る……。

そう感じた時には心を広く開け放って、最初の緊張を解いていた。

（写真、見てくれたのね。あれは私の宝物。きれいだったでしょう）

頭の中に声が響いた。

「奈緒さんですか」

（未練があるの。あの幸せだった時に。そして私に）

「どういうことですか」

（私の未練ではなく、あの人の未練なの）

私は今、奈緒さんの魂と頭の中で直接会話をしているようだった。

「あの人って誰ですか？」

（色々なものが私をグルグルと搦めとっているの。私の気持ちは閉じ込められたまま）

「奈緒さん、私で力になれることはありますか」

一方的に話す奈緒さんの思いは要領を得ない。会話が成り立っていないのは、私の力が足りなくて、声が届いていないからかもしれない。一瞬奈緒さんの言葉がぴたりと止まり、静かに思案しているような間があった。

（あなたはきっと優しい子ね。私の気持ちに耳を傾けてくれたから、つい聞いてほしくなっちゃった。本当に聞いてほしい人には、言葉が届かないのにね……）

自分の力だけでも、寄り添おうとする思いが通じたのかと、少し感動を覚えた。

（ずっと聞いてほしかった。私の気持ちなんて、誰も分かろうとしてくれなかった。本当はね、お通夜もお葬式もしたくないの。会いたくないの、誰にも。どうせひとりだもの）

「奈緒さん、何があったんですか、私、ちゃんと聞きますから……」

彼女を理解しようとする私の気持ちは、奈緒さんの感情の波に流されてしまった。

（でも、お父さんのためには仕方ないよね……）

奈緒さんはなおも一方的に気持ちを流れ込ませてくる。私の声など聞いてはくれず、対話とは程遠いものだった。ただ、理解はできなくても、心の中に響いてくる彼女の言葉は、口調こそ諦めたように穏やかなものの、ひとつひとつが悲しみを孕んでいて、傷ついた心が痛いほどに伝わってきた。分かってあげられないのがもどかしい。私に伝えたくて来てくれたはずなのに。

こんな時、里見さんならばしっかりと話を聞いて、彼女の思いを理解してあげられるに違いない。やはり私は、里見さんがどのように対話をしているのか見てみたかった。

その時、電話を終えた漆原が入ってきた。同時に頭の中の声も途絶えてしまった。

「なんだ？　さっきよりもやけに部屋が冷えているな」

私が霊安室とを隔てる壁にもたれているのを見て、「来たのか？」と短く訊いた。

私は慌てて背中を起こした。集中するあまり、いつの間にか壁に張り付くような体勢になっていたのだ。

「声をかけたら応えてくれたんです。話を聞いてほしかったそうです」

「何と言っていた？」

漆原は急かすわけでもなく、ゆっくりと畳に座り、冷めたコーヒーに口を付けながら、ただ静かに訊いた。

「誰かの未練と、色々なものに搦めとられているそうです。誰にも会いたくないから、本当はお葬式をしたくないと言っていました」

「会いたくないいか」

実際にはもう亡くなっているのだから、放っておいてほしいということだろう。

「それだけでした。でも、悲しい気持ちが今も残っています」

「お姉さんがいない君にそこまで伝えられるなんて、奈緒さんの思いは相当深いな。いや、同じ女性の君に聞いてほしかったのか……」

ひとりで考え込む漆原に私は訊ねた。

「さっきの電話は?」

「ああ、当の喪主、奈緒さんの父親からだ。会葬者の人数の連絡だった」

午前中にご遺体を引き取りに行った段階では、まだ決まっていなかったのだ。離婚した奈緒さんの母親と連絡も取れていなかったし、親族や自分の会社関係、奈緒さんの交友関係など、どこまで知らせるかの判断は難しい。ひとりでは大変だっただろう。

「ようやくお料理や返礼品の数も決定できますね。どのくらいでしたか」

「通夜は親族およそ二十、会葬者およそ百八十。告別式の後に、火葬場まで同行するのは親族のみにするそうだ」

「えっ」

私が驚いたのは、かなりの人数だったからだ。会葬者の数だけ聞いても、それなりに大きな式に分類される。

「ちょっと意外です」

「父親がわりと大きい会社の役員だからな。世間体というものもあるのだろう」

だから奈緒さんも「お父さんのためには仕方ない」と言っていたのか。

「今回の件は、本来ならばひっそりとやりたいところかもしれない。故人も父親も、それを望んでいると思うのだが、現実社会ってのは面倒なものだ」

漆原は抑揚なく言う。葬儀社としては、大きな葬儀ほど伴う金額も大きくなるので、嫌な話だがそれを喜ぶ担当者もいる。しかし、この男にはそんな考えは全くないようだった。

漆原は私に向き直ると、じっと目を見た。

「仕事だから余計な思い入れをする必要はないが、今回は色々な事情がありすぎて、知ってしまうと、君にはつらいものになるだろう」

「どういうことですか」

「無事に式をすませることだけ考えればいい」

「もちろん、それが一番大事ですけど。漆原さん、いつも故人も遺族も納得させるって言っているじゃないですか」

「今回は特別だ。それに、ある意味では式を形式通り、滞りなく終わらせることがみんなの願いであるとも言える。故人も、喪主もだ」

こんなことを言われたのは初めてだった。

「指は？　左手の薬指。あれは一体どうしたんですか」

「指も見つかった」

驚いて、言葉が出なかった。

「どこにも行っていなかったんだ。初めから」

もう訳が分からない。いつも簡潔明瞭な漆原のこんな態度も意外だった。

「里見さんと一緒に、対話をした時に分かったんですか」

「そうだ」

「奈緒さんが話したんですか」

「ああ。誰かに聞いてほしくてたまらなかったのだろう。君にまで、壁越しに語りかけるくらいだからな。里見は全部聞いて、奈緒さんと一緒になって泣いて、泣き疲れて帰ってしまった」

「泣き疲れて？」

私はあっけにとられて繰り返した。

「あいつは天真爛漫（らんまん）だからな。純粋すぎるんだ。君も一緒だ。今、事情を全て話して、明日使いものにならなくなっては困る。終わったら全部説明してやる。今回はとにかく形式通り終わらせることに専念しろ。むしろ、お姉さんがいなくてよかったかもしれないぞ。俺に任せておけば心配ない」

一気に畳みかけるように言われては、頷くしかない。少し悔しくて涙が出そうになってしまい、慌ててうつむいた。

「どうした？」

「なんでもありません」

「負けず嫌いだな」

漆原は少し笑い、それが私の気持ちをわずかに軽くした。

「今日はもう帰っていいぞ。おばあさんのことも気になっているんだろう？　くたびれた顔をしているぞ」

さっきまで青い顔をしていた男に言われたくないと思ったが、確かに疲れていた。

「でも、お料理の確認など、まだ仕事が……」

「それくらい、俺がやっておく」

「分かりました。ありがとうございます」

漆原はこのまま同じ地下にある料理部に行くつもりらしい。親族も合わせて二百人分とはかなりの量だ。会社役員ともなれば貧相な式だと思われたくないだろうし、追加分の用意も考えておかなくてはならないだろう。

漆原とは和室の入り口で別れた。

別れ際、漆原は「おばあさん、元気になるといいな」と言ってくれた。


普段より早く帰宅した家には誰もいなかった。母も祖母の病院へ行っているのだ。締め切られていたために空気がこもって蒸し暑かった。薄暗くがらんとした家の静けさが、ただでさえしょげた気分の私には、ますますさびしく感じられた。

窓を開け、廊下も、居間も、台所も、目の届くところ全ての照明をつけた。ようやく落ち着く場所を見つけたように居間のソファに腰を下ろすと、ふうとため息が出た。

窓の外を見れば隣の家の壁が赤く染まっている。夕焼けだった。

いい機会だ、私も祖母に会いに行こうと、台所の壁に貼られたバスの時刻表を見に立ち上がった。祖母のいる病院へは、区内の循環バス一本で行けるのだ。

　母からは、祖母は落ち着いていると聞いている。実際に会えば、私ももっと安心できるだろうか。それに、姉が祖母のところにいるのかどうか、確かめたい気もしていた。


　翌朝、坂東会館に向かう私の気持ちは昨日とは違ってすっかり明るくなっていた。

　昨夜、二日ぶりに会った祖母は思いのほか元気で、私が持っていったプリンをぺろりと平らげた。入院前は食欲がなく、痩せてしまっていた祖母が体力を取り戻している気がする。このぶんなら、近いうちに退院できるのではないかと、胸を撫で下ろした。

　ひっそりと祖母の近くに感じた姉の気配も私を安心させた。姉が付いてくれているから祖母が元気になったのかもしれない。私は「もうしばらくおばあちゃんをお願いします」と心の中で祈った。

　今日はお昼過ぎから奈緒さんの納棺の儀を行うことになっていた。娘をきれいな姿で旅立たせたいという父親の意向で、湯灌（ゆかん）から装束の着付け、死化粧というフルコースだ。

いつものように漆原の車を駐車場で見かけたが、事務所に姿のないところを見ると、すでに式場で祭壇の準備でもしているのだろう。

二階の式場には人の気配があったが、まっすぐに控室へと向かい、灯り(あか)をつけた。納棺に合わせてご遺族も早く到着するため、いつでも迎えられるようにしておいたほうがいい。

控室を出たところで、走ってくる陽子さんが見えた。

今回の担当をしてくれるホールスタッフは、彼女が中心なので心強い。会葬者が百八十人もいるのだ。クロークや配膳にも人数が必要だった。全体の動きを把握して、的確な指示を出せるスタッフの存在が重要だった。

「美空、こっちは私たちがやるから大丈夫だよ。それより漆原さんのほうに行かないと、うるさいんじゃない？」

式場を気にする陽子さんの言葉に、思わず笑ってしまった。

「この前までやっていたから、式場よりもこっちが気になってしまうんです。それより、今回の式もよろしくお願いします」

私はぺこりと頭を下げる。

「かしこまらないでよ。私と美空の仲じゃないの」

陽子さんは笑顔で言った。その気さくさが何よりもありがたい。

漆原の下で働くようになって気づいたことだが、式場のホールスタッフの助けがなくては、いくら自分たちが頑張っても満足していただける式などありえない。進行やスケジュール管理をしなくてはいけない漆原は、訪れた遺族、親族や会葬者の相手ばかりをしているわけにはいかない。彼らが「ここで式をやってよかった」と思える要因は、大半が式の最中に接した、ホールスタッフの対応によるものなのだ。

式場を覗くと、ほぼでき上がった祭壇の前に立った漆原が、生花部のスタッフに指示を出しながら、細かくバランスを調整していた。きびきびとした声に颯爽とした動きは、前日の疲れた様子を微塵も感じさせない。

「昨日は先に帰らせていただき、ありがとうございました」

駆け寄って頭を下げると、横目で私を見た漆原は相変わらずの愛想のなさで頷いた。

「気にすることはない。今日も頼むぞ」

真っ白な洋花を多く使った見事な祭壇だった。打ち合わせで聞いていたはずなのに、実物を目にするとまた違う感慨がある。

その中央で、周りの花にも負けない美しい奈緒さんが微笑んでいた。もちろんバストアップでスーツ姿に加工された遺影だが、もともとのドレス姿を見ているだけに、祭壇のカサブランカやカーネーション、カラー、トルコキキョウ……、様々な白い花々が、奈緒さんの純白のドレスに重なって見えた。ふと視線を引きつけられたのは、そこにアナベルの花を見つけたからだ。

「漆原さん……」

横に立つ漆原に、手鞠のような可憐な花を指し示す。

「ああ。紫陽花もちょうど季節だからな。昨日、奈緒さんの写真を見て言っていただろう、ブーケの花がどうのって。名前は忘れてしまったが、花屋に訊いたら手に入るというので混ぜてもらった。喪主の依頼も洋花だったし、ちょうどいいと思ってな」

事も無げに言った漆原だが、こういうことをごく当たり前のようにしてしまう点が、この男にはかなわないと思う部分だった。誰も気づかないかもしれない些細な気配りだ。しかし、気づいた者には間違いなく大きな感動を与えるだろう。

間違いなく、この祭壇は奈緒さんのウエディングドレス姿を再現していた。写真は加工され、なんの変哲もないものに変わってしまったが、確かにあの幸せそうな笑顔がここにある。言葉を失って見とれているうちに、漆原が霊安室から奈緒さんのご遺体を運んできた。ほぼ同時に納棺師が到着し、湯灌の準備を始めたのだった。

しばらくして喪主が到着した。

立ち会うのは、喪主である父親、離婚して今は横浜に暮らすという母親（再婚しているそうだが、さすがに娘の葬儀には出席しないわけにはいかないだろう）、そして奈緒さんの祖父母のご遺族四人だけだった。納棺の儀はひっそりと始まった。

ここからは全て納棺師に任せることにし、私と漆原は後方でそっと見守っている。

若すぎる娘の死を悼む家族の静かな風景だけが、そこにあった。

すっかり清められ、棺に納められた奈緒さんは、体形が変わってしまったとはいえ、うっすらと化粧を施されて、もともとの顔立ちが美しいことがよく分かった。

お身内は奈緒さんの棺を囲むように立ち、白い装束の中に埋もれたような奈緒さんを見下ろしている。父親はただ無言で、母親は突然の訃報と、変わり果てた娘の姿に言葉を失ってハンカチを口元に当てたまま肩を震わせていた。

おそらく、何度経験してもこの情景に慣れることはないだろう。いや、慣れてはいけない気がする。他人の悲しみとして受け流すようになってはいけないのだ。

しばしの時間を与えた後、漆原は棺の蓋をする前に入れたいものはないかと訊ねた。

喪主は懐から何かを取り出した。ぎゅっと握りしめたまま、棺を覗くように屈みこむ。

打ち合わせの時に、副葬品があれば用意するように伝えてあったのだ。

私たちが見守る中、喪主がそっと入れたのは、お守りだという小さな小さな巾着袋、ただひとつだった。

それを見届けると、漆原と私で棺に蓋をのせ、祭壇の前に安置した。

「お疲れ様でした。通夜の儀にはまだお時間がございます。どうぞ控室でお茶でも召し上がって、ゆっくりされてください。もちろん、式場で故人様のおそばにいらっしゃってもかまいません」

漆原が声をかけると、母親は再び棺の近くにゆっくりと歩み寄り、「奈緒、奈緒」と声を詰まらせる。それにそっと寄り添うように父親が進み出た。

私は富山から出てきたという奈緒さんの祖父母を控室へとご案内した。

ふたりは突然の知らせに驚いているようだったが、もう何年も会っていなかったそうで、意外なほどに冷静だった。お茶を淹れて手渡すと、いかにも素朴な感じの祖父母からは次から次へと言葉が飛び出してくる。もとよりおしゃべりな性格なのだろう。

喪主は五人兄弟だということ。彼だけが地元富山を離れ、東京に出てきたこと、他の兄弟たちは故郷で農業に携わっているのに対し、ひとりだけ都会で成功した自慢の息子であること。帰省することはほとんどなく、いつの間にか疎遠になっていたということ……。

通夜までには、富山から他の兄弟や、その家族も到着するそうだ。それを聞けば、親族の数が二十人というのも納得がいく。

「奈緒も、嫁にも行かないまま死んでしまうなんて、不憫な子だねぇ」

祖母が茶をすすりながら、しみじみと呟いた言葉が頭に残っていた。

控室を出た私は、式場でかつての妻と語る喪主を遠目に眺めた。

娘を失ったふたりは、一体何を話しているのだろうと気になったが、ご遺族の会話を盗み聞いたなどと漆原に知られたら、間違いなく叱責される。今回、私にとって何よりも大事なのは、漆原に言われた通り、無事に式を終わらせることだった。

ロビーも式場も騒がしかった。会葬者百八十名の予測は伊達ではなく、それ以上になりそうな気配があった。エレベーターの扉が開くたびに、喪服の一団が吐き出されてくる。今や、通夜の会場である二階の式場もロビーも人があふれ、私たちの移動すらままならない。陽子さんが倉庫から追加の椅子を急いで運んでいる。

漆原は会葬者たちが早々と集まり始めたのに気づくと、すぐに受付を二階から一階のエレベーターホールに変更した。幸い今夜は、松木家の式一件しか入っていなかったのだ。

集まった人々の大半が、喪主の会社の関係者のようだった。受付を手伝っているのは、おそらく部下だろう。

　奈緒さんの友人らしい人は全くと言っていいほど見かけなかった。しかし、それも故人の気持ちを汲んでのことかもしれない。

　父親が、元妻や大勢の親族を呼んだのは会社関係者への体裁を保つためであり、逆に故郷の親族たちには、自分がいかに大きな会社で相応の社会的地位についているかを示したかったからに違いなかった。

　前日に奈緒さんと言葉を交わした私には、会葬者が故人と直接関わりのない人ばかりなのが逆によかったように思えた。彼らはお悔やみを述べ、焼香をすることだけを目的としている。棺の窓から故人の顔を覗くような人などなく、ただ、病死という言葉を受け止め、「若いのにお気の毒」と一様に思うだけなのだ。棺に眠る奈緒さんの容貌と、遺影との差異に気づく人もいないだろう。

　開式の三十分前に里見さんが到着した。

　二階と三階の和室は大勢の親族の控室に当てられたため、地下の和室で着替えをすませ、開式を待っている。漆原と私が顔を出すと、はにかんだような笑顔を見せた。

「いやいや、昨日はみっともないところを見られちゃったね。面目ない」

「心にもないことを言うな。まぁ、元気そうで安心した」

漆原も案じていたようだ。

陽子さんが運んできたお茶を飲みながら、里見さんは「今日はどう？」と訊いた。

「驚くほど何事もない。昨日、お前がじっくり話を聞いたのがよかったようだ。父親は世間体を多分に気にするかなりの俗物だな。娘のことも案じてはいただろうが、結局奈緒さんのことを理解できなかった。彼女はひとりで何もかも抱え込むしかなかったんだろう」

「そうだね」

里見さんはさびしそうに頷いた。

私にはまだ奈緒さんに何が起こったのか分からない。けれど、彼女の苦しみや悲しみは、里見さんや漆原にしっかりと受け止められていることは確かだった。

「ちゃんとやりますから、後で全部聞かせてくださいね。私だって、奈緒さんの気持ちを理解してあげたいです」

漆原は無言で頷いた。

式場に流れていたしめやかな音楽が途切れた。一瞬の静寂の後、「導師、ご入場です」という漆原のいつも通り物静かで、それでいて重々しい言葉で式が始まった。

焼香の案内をすることになっていた私は、式場の入り口近くに控えて見守っていた。お清め会場とを仕切るパーテーションの直前まで椅子が並べられ、ぎっしりと会葬者が座っている。それでも入り切らない人たちはロビーに控え、焼香の順番を待っているという状態だった。

里見さんの読経が始まった。

式場は静まり返り、朗々とした声だけが抹香の香りとともに広い空間をたゆたっている。

ずらりと居並ぶ人々に対して、これほどの静寂とは不思議なものだった。里見さんの声だけがこの空間を支配している。

漆原は司会台に隙のない姿でたたずんでいた。薄い唇を一文字に結んで読経に耳を傾けながら、じっと祭壇を見つめている。

私もその視線をたどるように祭壇を眺めた。どうか、ゆっくりとお休みになれますようにと願いながら。

ふと、私の視界にひっかかるものがあった。

何か妙だ。

何かがいるのだ。棺の近くに。

こんな時、姉がいてくれたら、きっと姿を見極めることができただろう。

横目でチラリと漆原を見た。先ほどと変わらず、じっと祭壇を見つめている。

では里見さんはどうか。私にも感じられるのだから、当然見えているはずだ。それでも全く同じ調子で読経を続けている。

私は固唾をのんでじっと見守った。意識を集中させる。まるで棺に寄り添うような気配は、穏やかであり、優しさを滲(にじ)ませていた。明らかに異質な存在であるのに、不思議と嫌な感じが全くない。

里見さんの読経はなおも流麗に続いていた。

焼香が始まる。漆原は喪主、次に親族へと呼びかけ、私が誘導する。いつも通りだった。

会葬者の列は整然として延々と続き、焼香はなかなか終わらない。終えた人からお清めの会場へと流れていく。そちらも今は大変な混雑になっているだろう。

ようやく全員の焼香が終わり、長い通夜を立派に勤め上げた里見さんが退場した。

読経が終わった頃には、棺のそばの気配もなくなっていた。立ち上るお香の煙とともに消えてしまったかのようだった。

お清めの会場では、喪主が会社関係者に頭を下げてまわり、肩を叩かれて励まされていた。残っているのは会社でも喪主に近い者と、親族だけのようだ。母親のほうは、久しぶりに会った喪主の両親と話をしていた。この時間は喪主たちの時間だ。集まった人々が故人を偲び、食事をし、会話をする時間だった。

それに寄り添うのは陽子さんたちの仕事だ。空いたグラスを下げたり、追加の飲み物を運んだりと忙しく動きまわる様子は、かつての自分を見るようで懐かしかった。

お清め会場の状況を確認した私は、そっと式場に戻った。

すっかり静かになった式場には私と漆原だけだ。会葬者であふれかえっていた様子を見た直後なだけに、いつも以上に広々と感じられる。

死者を悼むようなしめやかな音楽が流れ、香炉からはまだ細く煙が立ち上っていた。その後ろの遺影は内側から照明が灯(とも)り、ほのかに白い光の中で奈緒さんが微笑んでいる。

穏やかだった。隣の会場では人々がざわめいているというのに、式場の静謐(せいひつ)は別世界のように思え、〝生〟が過ぎ去った後の世界を意識させられる。

私はこの雰囲気が好きだった。告別式の後はすぐに出棺となるため、とにかく慌ただしい。式の後の余韻に浸れるのは、このひと時だけなのだ。

いつものように、漆原は司会台で告別式の進行表に目を落としていた。まだ仕事が終わったわけではない。喪主たちの食事が落ち着いた頃に、宿泊者の有無や、火葬場への同行者の人数を確認しなければならない。それでも同じように、ひとつのことを終えたという思いがあるに違いない。そっと近寄ると、私に気づいて顔を上げた。

「通夜は無事に終わったな」

「そうですね。お疲れ様でした」

式の最中に感じた気配のことを話すと、漆原は「そうか」と呟いただけだった。それだけで何かが分かったようだ。そのまま顔を上げ、目を細めて祭壇を眺めた。

「奈緒さんのご主人がいたのだろう」

「ご主人？」

予想もしなかった言葉に大きな声が出てしまい、慌てて口を押さえた。

あの気配がご主人だということは、すでに霊体になっているということだ。つまり、もう亡くなっている。

事態を飲み込めずに混乱した私の顔がよほどおかしかったのか、漆原は笑いをかみ殺すように口元をゆがめた。いつも硬質な雰囲気が、不思議と優しくほぐれている気がする。

「里見のおかげだ。明日の告別式はきっといい旅立ちになる。行くぞ」

漆原は私を促し、さっと前を横切った。いつものお香の香りがふわりと通り過ぎた。

私たちが向かったのは地下の和室だ。

黒い僧衣に着替えた里見さんが、お茶をすすっていた。

「長い読経、お疲れ様。里見」

「本当に長かった。喉がカラカラになっちゃったよ」

言葉とは裏腹に里見さんは明るく応えた。卓袱台に置いた湯呑み（ゆの）みが空になっているのに気づき、お茶を注ぎ足す。漆原の前にも湯呑みを置いてから、居住まいを正した。

「そろそろお話ししてもらえませんか」

里見さんと、卓袱台を挟んで向かい側に座った漆原がこちらに顔を向けた。

「美空ちゃん、気づいた？」

里見さんは優しい表情で訊いた。

「棺の近くで何かの気配を感じました。あれのことですよね？」

「美空ちゃんが感じた気配、どうだった？」

式場での感覚をそのまま伝えた。

「そうだね。慈しむような感じがしたよね。分かった？　奈緒さんのご主人だって」

「漆原さんに言われて驚きました」

「ご主人は、美空ちゃんのお姉さんみたいに、奈緒さんにずっと寄り添っていたんだ」

　私の頭の中は混乱していた。ご主人はいつ、どうして亡くなったのか。その後どうなったのか。これまでの奈緒さんに感じた、様々な疑問点がぐるぐると駆け巡っている。

「ご主人がいたのに、どうして救ってあげられなかったんですか」

　私が訊くと、里見さんは悲しそうな顔をした。

「奈緒さんはご主人に気づけなかったんだよ。彼女は心を閉ざしてしまっていたし、どんなにご主人の思いが強くても、僕らのように感じられるほうが特別なんだって、痛感させられた。ご主人も、そばにいながら歯がゆかっただろうね」

「里見、疲れているところに悪いが、昨日俺にしたみたいに、最初から説明してやってくれ。清水さんは意外と鈍いから理解できないぞ」

　悔しいが、漆原の言う通り、まださっぱり分からなかった。

「分かった。長くなるけど、奈緒さん本人から聞いた話だよ」

「はい。お願いします」

「奈緒さんはね、結婚を前提にお付き合いをしていた人がいたんだ」

「それが、ご主人ですか」

「そう。でもね、話はそう簡単じゃない」

里見さんは姿勢よく座り、まっすぐに私を見つめて話してくれている。

「両家の許しも得て、いよいよ結婚となった時、その男性に悪性の腫瘍が見つかったんだ。かなり進行した癌だったんだって」

幸せの絶頂からいきなり叩き落とされたようなものではないか。

「当然、奈緒さんの父親は反対するよね。離婚してから男手ひとつで大切に育てた娘だもの。癌は完治しないかもしれないし、どのくらい治療を続けるかも分からない。もしかしたら、数年後には亡くなってしまうかもしれない。生活も当然不安定になる。そんな先の見えない不安を、娘に抱かせたくなかったんだ」

「その気持ちも理解できます。世の中には健康な男の人がいくらでもいるんですから」

「でも、奈緒さんはその人と一緒になることを選んだ」

私もそうしたのだろうと思っていた。

「奈緒さんは、奇跡を信じたかったんだよね。たとえ奇跡が起こらなかったとしても、何年かでも愛する人と一緒にいることを選んだんだ。ふたりで困難を乗り越えるために、運命的な出会いをしたのではないかとさえ思ったそうだよ」

「それが父親には許せなかった。奇跡なんて、期待しても無駄だ。子供の甘い考えだってね。あの現実主義っぽい父親の言いそうな言葉だろう？」

心根の優しい里見さんが口にしそうもない部分は、漆原が口を挟んだ。

「奈緒さんは家を出た。ほとんど駆け落ちのようにふたりは一緒になったんだ」

「その時に、彼女は実家にあった自分につながるものは全て処分したそうだ。もう父親の元には戻らない覚悟だったんだろうな。だから彼女の写真は一枚も残っていなかったのさ」

遺影の写真が、ウエディングドレス姿だった理由が納得できた。選ぶも何も、あの写真しか父親の手元にはなかったのだ。

「男性の入院治療が始まる前に、ふたりは籍を入れた。奈緒さんの覚悟が分かるよね。同時に結婚指輪を作ったそうだよ。治療が長引けば、お金だってどれだけかかるか分からない。今しかできないと思って、同じ頃に写真も撮ったんだって。結婚式はしていないそうだけどね。とにかく、ふたりが一緒になったという事実を形にしておきたかったんだ」

「その気持ち、分かる気がします」

「男の人のほうも悩んだだろうね。自分のために一緒に頑張ってくれなんて、なかなか言えないよね。相手を愛していたらよけいに言えないと思う。だから、別れようと言ったそうだよ。自分のことは忘れて、幸せになってほしい。彼女のためにはそれが一番だってね」

「奈緒さんにしてみたら、それを言われるのは何よりもつらいですね」

「そうだよね。覚悟を決めた奈緒さんも、どんなに悩んだだろう」

里見さんが口をつぐみ、沈黙が落ちてきた。この先を知っている里見さんに話をさせるのは気の毒な気がしたが、それでも私は奈緒さんのことを理解したい。

「おふたりはどのくらい一緒にいられたんですか」

「……二年」

「たったそれだけですか……」

「うん。結局、奈緒さんは父親のところに帰るしかなくなったんだ」

「でも、ご主人のほうは？　そちらのご実家はどうだったんですか」

「反対を押し切って一緒になってからは、一切連絡をとっていなかったそうだけど、亡くなった以上、やっぱり知らせないわけにいかないよね。ご両親は奈緒さんにひたすら謝ったそうだよ。彼女の人生を台無しにしてしまったって。結婚自体なかったことにしたほうがいいと、葬儀も納骨も全部自分たちだけですませてしまったそうなんだ。人生が台無しになったかなんて、奈緒さん本人にしか分からないのにね。少なくとも、僕はたとえ二年の闘病生活だったとしても、愛するご主人を精いっぱい看病した大切な時間だったと思うけど」

里見さんは悲しそうに目を伏せた。

「実家に帰ってからも奈緒さんは苦しむことになる」

漆原が淡々と言った。

「まだ続くんですか」

里見さんは沈んだ顔で頷いた。

「これからだよ。ひとりになった奈緒さんの心のよりどころは、ご主人と過ごした思い出だけだった。その証拠がふたりの結婚指輪だ。彼女は自分の指輪をはずさなかったし、ご主人の指輪はペンダントにしていつも身に付けていた。ご主人は入院中に痩せてサイズが合わなくなってしまって、ずっと奈緒さんが持っていたんだって」

「そこでまた父親の登場」

「黙っていてよ、漆原」里見さんは軽く睨むと、話を続けた。

「父親は閉じこもりがちの奈緒さんを立ち直らせたかったんだろうね。やり直してほしかったんだ。父親にしてみれば、娘をこんな目に遭わせたご主人が憎いから、指輪を外すように説得した。奈緒さんは聞き入れない。無理やり、自分の目にかなった会社の男を家に連れてきたりもした。また恋をすれば目が覚めると思ったんだ。それが彼女を傷付け、ふたりは何度も諍いをした。口論が激しくなった時、父親は奈緒さんが首から下げたご主人の指輪を引きちぎって、取り上げたんだ」

「ひどい。心のよりどころなのに」

「そう。支えとなっていたものが失われ、いよいよ彼女は絶望して、父親にも心を閉ざした。彼女の体、自分の意思でああなったんだよ」

「どういうことですか」

「醜くなれば、誰も関心を示さないと思ったんだって。あれだけ外せと言われた指輪も、指に食い込んで外れなくなっていた。そのために肥満になったなんて言っていたけど。そうなれば、父親も部下を紹介するのを諦めるだろうってね。実際に父親は家に誰も連れてこなくなった。美しかった娘が、だんだん醜悪で不健康になっていくのを見ているのはどんな気持ちだったろう」

「そんな娘を世間にさらすのも、あの父親のプライドが許さなかったんだろうな。そのうちに、父親も娘を諦めた。完全に冷え切った関係になったんだ」

口を挟んだ漆原の声が、いつになく厳しい。

「奈緒さんはどうなったんですか」

「ひとりで閉じこもると、今度はいろんな思いに襲われて、地獄みたいだったと言っていた。ご主人の愛情の記憶や、喪失感、体よく強制的に全てを奪っていったご主人の両親への怒り、自分のことを理解できず、結局投げ出した父親への失望、娘として父親にすまないと思う気持ち……。どうしていいのか分からず、たまらなくご主人に会いたくなったそうだよ。胸にすがって、思い切り泣いて、優しく背中をさすってほしかった。そもそも、病気のご主人には弱音を吐くことなんてできなかったからね。ご主人にすがりたい気持ちをずっと押し殺していたんだ。ひとりぼっちになって、ますます自分を愛してくれる存在を感じたかったんだろうね。そして……」

里見さんが言葉を切り、うつむいた。漆原は黙って目を閉じている。私は息をひそめて続きを待った。聞きたいけれど聞くのが怖くて、ぎゅっと指を握った。

「思い悩むのにも疲れ果てた彼女は、ある夜、とうとう薬指を食いちぎったんだ。ご主人のところに行きたい、ご主人とひとつになりたい。その思いが衝動的にそうさせた。指輪ごと飲み込んで、やっとひとつになれたと思ったんだって」

私は言葉も出ず、唇をかみしめた。夕方、陽が陰り、部屋がどんどん暗くなっていく。かろうじて残っていた彼女の心の火も夕闇とともに燃え尽きてしまったのだ。その様子が目に浮かぶようだった。

「もう、分かるよね。窒息しかけ、体はショック状態に陥った。急激な肥満のせいで、心臓にも負担がかかっていたからね。帰宅した父親がうめき声に気づいて、かかりつけの医者を呼んだけど、どうにもならなかったらしい」

惨状を想像しかけて、慌てて思考を止めた。恐ろしすぎる。

「それで、奈緒さんは……」

「誰にも気持ちを打ち明けることもないまま、ひとりで何もかも抱えて亡くなったんだ。悲しみだけではなかったと思う。たとえ病気でも、ご主人と過ごした幸せな時間、ひとりで乗り越えたご主人の死、その後のつらい出来事。それらを聞いて、彼女を理解してくれる人がいたらよかったのにね」

長い話を終え、里見さんは冷え切ったお茶で唇を湿らせた。

「彼女の気持ちが切なくて、昨日は涙が止まらなかったよ。何か救う道はなかったのかなって。色々なものが彼女にとって悪い方向へ向かってしまった。父親や、ご主人の両親がしたことも、彼女の気持ちには寄り添えなかった。たったひとりで、昼も夜も毎日、どんな気持ちでいたのかと思うと、僕も悲しくて仕方がなくてね……」

再び涙ぐんだ里見さんは、僧衣の袖でそっと目元を押さえた。

「でも、どうしてご主人は突然現れたのでしょうか。もしかして、里見さんは昨日から気づいていたんですか？」

里見さんは首を振った。

「ついさっき。美空ちゃんと同じだよ」

私は首をかしげた。確かに、昨日までは奈緒さんの気配しか感じられなかったのだ。

「指輪だろうな」

漆原が呟くと、里見さんも頷いて言った。

「ご主人は、幸せな記憶の詰まった自分の指輪に留まっていたようだね。だけど、父親に取り上げられてしまっていた。それがやっと、奈緒さんのもとに戻ったみたいだね」

「あのお守りですか。副葬品として、お父様が棺に入れた……」

「そうだろうな」

「死んじゃうって、こういうことなんだね。どんなに思いが深くても、生きている人には決して届かないんだ。あんなに想い合っていた奈緒さんとご主人の間でも。指輪に宿ってそばにいてさえ、通じることができなかった。なんだか、やりきれないよね」

奈緒さんが私に語った〝あの人の未練〟とは、全てを投げ出してくれた奈緒さんを残して旅立たねばならなかった、ご主人の無念の思いだったのだろう。

「愛されたという記憶だけで、強く立ち直ることができる人もいるからな。ご主人の存在を近くに感じられていたら、奈緒さんはこんなことにはならなかったかもしれない」

「そう、人間って繊細だからね。ちょっとしたことで強くも弱くもなれる」

このふたりと一緒にいると、自分では気づかなかった様々なことを思い知らされる。

「でも、奈緒さんは、ご主人と会えたじゃないですか」

いつの間にか滲んでいた涙を拭いて顔を上げると、里見さんも笑顔で頷いた。

「やっとね。これからはずっと一緒にいられる」

「明日はふたりの旅立ちの式だ。とびっきりの式で見送ってやろう」

漆原の口調は仕事に向かう時の毅然(きぜん)としたものだった。しかしその声音は、どこか温かかった。

翌日の告別式は快晴だった。

初夏の日差しが眩しく煌めき、青々と茂った桜の葉を優しく風が通り過ぎていく。その葉を透かして、木漏れ日が揺らめいている。火葬場の周りは、世間から一線を画するように濃い緑で覆われていた。

「ジューンブライド」

自然と口をついた呟きは、横の男には聞こえなかったようだ。

「何か言ったか?」

漆原が訊き返したが、私は首を振った。

「何も言っていません」

今、奈緒さんの体が焼かれている。誰の体も骨になってしまえば同じだ。清浄な炎に包まれ、生という殻を脱ぎ捨て、真っ白な骨になるのだ。そこにはもうどんな悲しみも苦しみも存在しない。全ては煙となって空へと運ばれていくだけだ。

喪主や同行した親族は、控室でおよそ一時間の〝浄化〟を待っている。

私たちはロビーのソファに座って空を眺めていた。

近代的で、かつ無機質な郊外の巨大な火葬場だった。何度も訪れているが、こんな気持ちで広い窓から空を眺めたのは初めてだった。遮光ガラスのために明るさは半減されているが、それでも降り注ぐ光に、こんなに窓が大きかったのかと今更気がついた。

「漆原さん、アナベルの花言葉、知っていますか」

突然の言葉に、横の男はわずかに首をかしげた。

「紫陽花って土壌によって色を変えて、同じ青系でも色々な花があるでしょう？　だから花言葉も〝移り気〟とか〝浮気〟とか、あまりいい意味でないものが多いんです」

漆原は黙っている。聞いているのか、興味がないのか分からない。

「アナベルは品種が異なるせいもあるんですけど、普通の紫陽花と違って、日当たりのいい場所が好きで、どんな所でも真っ白な花を咲かせます。だから花言葉は〝ひたむきな愛〟なんですって。ほかにも紫陽花には、雨の中でもじっと耐えるように咲いているので、〝辛抱強い愛情〟という花言葉もあるんです。どちらも、奈緒さんにぴったりだと思いませんか」

「辛抱強いと言うなら、ずっと待ち続けたご主人もそうだな」

「はい。おふたりにはぴったりのお花です」

それぞれが、何かもの思いに耽るように口を閉ざした。

ロビーの奥の廊下を、喪服の一団がゆっくりと通り過ぎていく。また別の棺が炉に入れられたのだろう。

「指輪がふたつ出てくるな」

漆原が静かに言った。

「燃えないものは入れちゃいけないって言ってあったのにね」

ずっと黙っていた里見さんが苦笑する。

「いいんじゃないか？　どうせ拾うんだ。俺はそれで喪主の気持ちも少しは救われるんじゃないかと思う」

奈緒さんが飲み込み、体の中にあった指輪と、喪主が棺に入れた、ご主人の宿っていた指輪だ。結婚の証である指輪が対になり、ふたりはようやく出会うことができた。

ふたつの指輪は熱の残るお骨と一緒に拾われ、骨壺に収められるに違いなかった。

それこそが、父親が最後に娘にしてあげられるただひとつのことなのだろう。

「父親も苦しんだだろう。いや、今もか。結局、娘を守ることができなかったんだから」

「亡くなった方にはかなわないよ。彼女の心の中には、ずっとご主人がいたんだもの」

　里見さんが高い窓を見上げて、眩しそうに目を細めた。

「お父様は指輪を返せば、これから先、おふたりが一緒にいられると思ったんでしょうね。だって、夫婦になったことを誰も認めず、亡くなってからも同じお墓に入ることができないんですから」

　今回の件は、故人、遺族、どちらも悔いのない式を行うという漆原の信条にはかなわない部分が残ったと思う。結果的に奈緒さんはご主人と旅立つことができたが、父親は娘を襲った悲劇的な運命を嘆き、自分が取った行動を悔いる気持ちで今なお苦しいはずだ。たったひとりの家族を失い、この先も苦しみ続けるだろう父親のことを思うと、なんとも言えない痛みが残る。

「おふたりは仲良く旅立ったと、教えてあげるべきでしょうか？」

「いや、気の毒だが、あの父親はプライドの高いリアリストだ。俺たちが事情を知っているということを不審に思うだろうな。かわいがってきたひとり娘を病で亡くした、ただそれだけにとどめておきたいのだと思う。そこまでの経緯なんて一切関係なく」

やはりそうかとため息をつけば、横でも小さく息をつく気配があった。

「何を君までそんな顔をしているんだ。今回はこれで上出来だ」

「娘さんのいざこざなんて知られたくなかったんですね。特に会社の人たちや故郷の方々には」

「そういうことだ。本当のことは自分の胸の中にだけしまっておけばいい。男の見栄みたいなものだな」

　里見さんがやけに静かだなと思って横を見ると、いつの間にかウトウトと眠っていた。昼下がりの陽だまりがあまりにも気持ちよかったようだ。

　それを見た漆原がふっと笑った。

「もう少し眠らせておいてやろう。昨夜は通夜から帰った後、ずっと本堂で祈っていたそうだ。よっぽど、一緒に成仏させてやりたかったんだな」

「優しいんですね、里見さん」

「そうだ。優しすぎて、おまけに泣き虫だ。読経の途中で泣き出してしまうことが何回もあって、兄上たちに『恥ずかしいから、お前は出るな』って言われているのさ。こいつの読経はなかなかなのに、残念なことだ」

　その言葉に驚いて里見さんを見た。子供のようにあどけなく、穏やかで、そして大役を果たした満足感からか、いかにも気持ちよさそうな寝顔だった。

「だから俺が遠慮なく使うのさ」

漆原は声を出して笑った。大きな声ではないが、心から楽しそうに笑っていた。

エピローグ

夢を見た。

一面に桜が咲いていた。満開を過ぎて散り始めた桜だった。枝の先までびっしりと花で満たされていて、ずっしりと重そうだ。風が吹くたびに、勢いよく一面に花弁が舞い上がり、緩慢に宙に模様を描く。まるで風の動きが見えるようだった。

私はその川沿いの桜並木をよく知っていた。

夢の中なのに、ああ、またこの川か、と意識のどこかで思っていた。何度も見た姉の夢にもこの川が出てくることが多かった。

隅田川へと続く、まっすぐな川。江戸の世に人工的に造られたその川は、狭いわりに水量が多く、急に深くなる。スカイツリー開業と同時に整備され、すっかり様子が変わってしまったが、子供の頃はよく友達とその並木の下で遊んでいた。

『だめだよ、美鳥、手を放しちゃ』

慌てたような祖母の声がする。

『だいじょうぶだよ』

幼い女の子の声がする。

『危ない！』

祖母の甲高い声で目が覚めた。


葬儀の打ち合わせに向かう車の中で、夢のことをずっと考えていた。漆原に話そうかどうか迷っていたのだ。

明日から八月に変わる。東京はもう何日も雨が降っていなかった。真夏に不釣り合いな黒いスーツは、制服というよりも体の一部のようなものだった。漆原も私も上着を着たままで、車の中は寒いくらいに冷房が効いていた。

打ち合わせは門前仲町（もんぜんなかちょう）だった。車が小名木（おなぎ）川に差し掛かった時、私は意を決して漆原に夢の話をすることにした。

いくら鈍感な私でも、この夢は入院したままの祖母を連想させるには十分だった。

六月に受診したまま入院となってしまい、それ以来一度も家に戻っていない。

　隠し事も悩み事も苦手な私が逡巡（しゅんじゅん）したのは、ひとえに漆原の勘の良さが恐ろしかったからだ。一方では、その勘の良さに全てを委ねてしまいたい気もしていた。ひとりで悶々（もんもん）と思い悩むのは私らしくない。

　運転中はことさら寡黙な漆原に話しかけるだけでも、それなりの覚悟がいる。私的な相談事などますます切り出しにくかったが、じっと耳を傾けてくれている様子に励まされるように、夢の内容を全て話した。

「お姉さんはどうして亡くなったんだ」

　漆原の問いに、冷え切った指先を手のひらで包むようにこすりながら応えた。

「川に落ちたと聞いています」

「夢に出てきた川か」

「たぶん、そうなのでしょう」

「君が生まれる直前と言っていたな」

「前日です。四月三日、桜がきれいに咲いている時だったそうです」

　私の心がざわざわと落ち着かない。漆原が発するひと言、ひと言に緊張している。

「おばあさんはどうだ？」

漆原はバックミラーを見ながら突然祖母のことを訊き、車線を変えた。

「ずっと病院です。心臓がかなり弱っているそうで、目が離せないみたいです。母親は毎日病院に行っています」

「心配だな」

「そうなんです」

「どこの病院だ？」

私が名前を言うと、漆原は頷いた。仕事柄、病院の霊安室までご遺体を迎えに行くことも少なくない。近隣に位置する病院の名前も場所も全て記憶しているようだった。

「送ってやる。そばにいたほうがいいんじゃないのか」

予期せぬ言葉にうろたえて漆原を見れば、ただ前方を見据えるだけだ。

「いいですよ。仕事がありますし。これから打ち合わせじゃないですか」

漆原は私の教育係となってから、特殊な事情の式でなくても、坂東会館の仕事をコンスタントに引き受けていた。特にここのところ葬儀が立て込んでいて、式場も順番待ちの状態だった。坂東会館が抱える葬祭部の担当者も手いっぱいなのだ。

「もともと、俺がひとりでやっていた仕事だ。実際の式はまだ先だしな」

漆原はまっすぐに前を見たまま言った。いつの間に左折したのか、車は祖母のいる病院を目指している。

「何かあれば母が連絡をくれますし、祖母とも一昨日の面会で話をしましたから大丈夫です。このまま仕事に行きましょう」

必死に同行しようとするが、漆原は取り合わなかった。車の中というのも卑怯に感じられた。私には抵抗のしようがない。このまま病院まで連れていかれてしまう。

「本当に鈍感な奴だ」

漆原は少しいらついたように言うと、ウィンカーを出し、車を道路の端に寄せて停めた。

「おとなしく俺の言うことに従え。そのまま、じっと私の目を見る。仕事はこの先、いくらでもやらせてやる。でも、君のおばあさんはひとりきりだ。君にとっては代わりのない、たったひとりのおばあさんだぞ」

そう言われて、ああと思った。

これまで接してきたご遺族たちが、一様に口にするのは「あの時、ああしてあげればよかった」という後悔の念だ。「素晴らしい式でお見送りできた」と晴れ晴れと語ってくれた、ある式の喪主ですら同じことを言っていた。

「すみません。お気遣い、ありがとうございます」

そう言った自分の声がはるか遠くに聞こえた。おそらく、祖母はもう家に帰ってくることはないのだろう。

「そばにいてあげるだけでいいんじゃないか」

ようやく聞き分けたと思ったのか、漆原の口調が少し和らいだ。

「そうします……」

それからは無言だった。私はただ窓の外を見ていたし、漆原も前だけを見ていた。いつもは渋滞している京葉道路も、今日に限って疎ましいくらい流れがスムーズだった。

漆原は病院のロータリーで私を降ろすと、そのまま走り去った。

蟬の声が私を取り巻くようにうるさく響いている。強い日差しを避けるようにロビーに入ると、その声が遠ざかった。それでも病室に向かう勇気が起きず、会計を待つ人たちで大方がふさがったベンチに座った。

院内の冷房は弱めで、中には扇子を使っている人や、ハンカチで汗をぬぐっている人もいたが、車の中で冷え切った私にはちょうどよいくらいだった。

病室に行けば母もいて、一昨日会った時とほとんど変わらない祖母がいるはずだ。ただ、私の気持ちだけがあの時とは違ってしまっている。そう遠くないうちに祖母と会えなくなることに気づいてしまった。今、彼女の顔を見たら泣いてしまうかもしれない。こんな状態で病室に行っても、お見舞いどころか、逆に心配させることになるだけだ。

こういう時は、静かすぎるよりも、混雑したロビーのざわめきが心地よかった。不安な気持ちが少し紛れる気がする。人々の話し声、順番を告げるアナウンス、全てが心強く感じられた。

姉は、祖母とふたりでいる時に川に落ちて死んだのだろう。母が出産のために入院している間、姉の面倒を任されたのは同居している祖母以外にありえない。

祖母が何かにつけて私に対し、「姉の生まれ変わり」や「お姉ちゃんが付いているよ」と言っていたことを思い出した。そう思うことで、自分なりに罪の意識に折り合いをつけようとしていたのではないだろうか。

姉は祖母の入院以来、ずっと私から離れたまま、祖母のそばに寄り添っている。おそらく、祖母の最期の瞬間を見守ろうとしているのに違いなかった。

祖母のもとにいることに気づいていながら、避けるようにそのことを考えずにいたことが、相変わらず臆病な自分の性格を表しているようで情けなかった。漆原に散々投げかけられてきた言葉が今になって鋭く胸に突き刺さる。

私は覚悟を決めると立ち上がった。

祖母の病室は六階だ。エレベーターを降りると、ひとつ深呼吸した。

正面にナースステーションがあり、その左右に病棟が分かれている。東病棟と西病棟だ。

祖母の部屋は東病棟の手前から二番目である。どのベッドも周りを囲むようにカーテンが廻らされているが、何度も通っているので祖母の場所は覚えている。

そっとカーテンをめくると、祖母はすぐに気づいて嬉しそうな顔を向けた。

「美空、来てくれたの」

「うん。会いたくなったから来ちゃった」

「嬉しいなぁ」

満面の笑みにこちらも微笑みで応じながら、さりげなく祖母を眺めた。

見慣れた顔と小柄な体は、一昨日と特に変わった様子はない。家にいた頃に比べれば、ひとまわり痩せて小さくなった気がするし、病院の淡いグリーンの寝巻のせいで顔色もやけに白っぽく見える。それでもちゃんと生きていてくれている。それだけで嬉しかった。

「仕事はどうしたの」

ベッドの横の椅子に座っていた母が、突然現れた私に誰よりも驚いていた。

「漆原さんがおばあちゃんに付いていろって、ここまで送ってくれたの」

正直に言うと、祖母は「優しい上司ねぇ」などとのん気に笑っている。何やら隠し事をしているような後ろめたい気持ちになったが、嘘は言っていない。

「突然だったから、今日はお土産、何もないんだ。ごめん」

「手ぶらで来るのはお断りだよ」

祖母がふざけて笑った。この雰囲気が懐かしくて、涙が出そうになってしまった。

家ではいつもこうだった。そんな日常がずっと昔のことに思えると同時に、ついこの前のことにも感じられた。当たり前に続いていた日々に突然訪れた変化が、私の記憶をかきまわして、おかしな感覚をもたらしていた。

「お母さん、今日は私が付いているから、たまには早く帰って休むといいよ」

「そうねぇ。お言葉に甘えようかしら」

「いつもありがとうね」

母を見送り、祖母とふたりきりになると、ことのほか話題がなく、何を話したらいいのか分からなくなってしまった。病院に来るたび、たとえ相手が祖母でも、自分と病人との間に大きな隔たりがあるように感じてしまう。その感覚が嫌だった。

「今日は朝から色々と検査があってくたびれちゃった。ちょっと眠くなってきたよ」

私の困惑を察したのか、祖母が目を閉じた。

「そうするよ。近くに家族がいると、安心して眠れるんだ」

「少し休んで」

そう言うと、すぐにすうっと静かな寝息が聞こえた。

祖母が眠ってしまうと、姉の気配がそれまでよりも強く感じられる気がした。

私はそっと姉に呼びかけた。応えてくれるかは分からない。でも、私の声は届いているはずだ。

しばらく待ってみると、私の心に姉が滑り込んでくる感覚があった。ゆっくりと目を閉じる。

もう一度目を開くと、祖母の枕元にぼんやりとした幼い姉の姿があった。その姿は、ベッドの枕元のライトに透けて、悲しいくらいに儚(はかな)げだった。今にも光に溶けて消えてしまいそうな頼りなさだ。以前見た、自分の死を受け入れて空へと昇る前の比奈ちゃんも、同じようにぼんやりと存在感を失っていたことを思い出した。

姉は私を見て、うっすらと笑う。その表情はどこかさびしそうで、私は姉を呼んでしまったことを少し後悔した。姉は、あのまま私に気づかないふりをしていてほしかったのかもしれない。今度こそ、きっと祖母と一緒に旅立ってしまうのだから。

私は、じっと姉を見つめていた。

姉は小さな手のひらを、そっと祖母の、痩せてやはり小さな左手の上に重ねた。

（私が、おばあちゃんの手を振りほどいたの）

姉がぽつりと言った。

姉は、祖母の手のひらを愛しむように何度も何度も小さな手で撫でた。

（おばあちゃんは悪くないの）

「お姉ちゃんは、おばあちゃんにそれをずっと伝えたかったんだね。だから、そばにいたんだね」

私の言葉に姉は頷いた。

重ねられた姉の手からは、祖母の手のひらがうっすらと透けている。大好きな祖母に触れることのできない姉が切なくて、私はその上からそっと自分の手を重ねた。姉の手を通り越して、私にはただ祖母の乾いた手の感触だけが感じられた。けれども、とても温かかった。

「おばあちゃんの手は、いつも温かかったよね」

私の言葉に、姉は頷いた。

きっと、そう遠くないうちに、姉が再び祖母と手をつなげる瞬間がくるのだろう。

そう思うと、つんと目の奥が熱くなり、私は唇をかみしめた。

「私が感じるお姉ちゃんの気配も、いつも温かかったよ。温かくて、優しかった」

顔を上げた姉は、どこか嬉しそうだった。

もう、十分に分かっていた。祖母の命はもうすぐ消えてしまう。姉とふたりで、遠いところに行ってしまう。

「今度こそ、お姉ちゃんも一緒に行っちゃうの?」

それでも口をついてしまった言葉に、姉は微笑んだ。いつものように、幼い顔には、なんとも言えない、慈しむような優しさがあふれていた。その姿に、私は姉をつなぎとめたくて、たまらなく悲しくなった。

「ずっと一緒にいようよ。これから先も。あの川から、スカイツリーがきれいに見えるの。ふたりで見ようよ」

(見たよ。美空が見ているものは、全部私も見ていたよ。楽しかった)

「お姉ちゃん……」

私は言葉を詰まらせる。

人を送る仕事をしているうちに、いつの間にか気づいていた。死は特別なものではなく、自分の近くにも必ず訪れるものだということに。どんなにつなぎとめたくても、するりと指の間を通り抜けてしまうものだということも。

その時が迫っているのなら、私にはどうすることもできない。ただ穏やかに旅立たせてあげるのが、大好きな祖母のためにできるただひとつのことなのだ。

「もう手を放しちゃだめだよ。ちゃんと、おばあちゃんの手を握っていてね」

私が言うと、姉は一瞬はっとしたような顔をして、すぐに大きく頷いた。

姉が祖母に落とした眼差し(まなざ)しは、愛(いと)しさにあふれていた。

「美空?」

ふいに聞こえた祖母の声に驚いて顔を上げた。いつの間にか涙ぐんでいたようで、気づかれないように慌てて指先でぬぐい、無理やり笑った。「なんだ、もう起きちゃったの?」

祖母は不思議そうに瞬(まばた)きをし、少しだけ首を動かして周りを見ると、静かに微笑んだ。

「なんだか、いい夢を見たよ」

「へぇ、どんな夢?」

「美鳥がね、すぐ近くにいたんだ。あまりに近くて、本当にそばにいるみたいだった」

それから、ゆっくりと自分の左手を持ち上げ、軽く握った。

不意に祖母の目から一筋の涙が流れ落ちた。「あれ、おかしいね」

祖母は、それからしばらく目を閉じて涙を流していた。私は姉の思いがしっかりと届いたのだと感じ、祖母の手を取り、涙が止まるまでそっとさすっていた。

その時、私を強引に病院に送り届けた漆原の気持ちが突然に理解できた。まさに今の、一緒に過ごせる時を、愛(いとお)しむように大切にしなくてはならないのだと。

もっと祖母と話がしたかった。会えなくなる前に、伝えたいことは全部伝えるのだ。祖母の穏やかな声や、優しい表情をしっかり心に刻み付けるのだ。

「ねぇ、お姉ちゃんの話、聞きたいな」

「かわいい子だったよ。美空とよく似ていた」

「私もかわいいってことだ」

私がふざけると、祖母は笑った。

「年寄りにはどんな孫でもかわいいものだよ」

「ひどいなぁ」

「うそうそ、本当にふたりともかわいかった」

「おばあちゃん、私、お姉ちゃんに会ったことがあるんだよ、夢の中で」

「案外、近くにいたのかもしれないね」

一瞬ぎょっとしたが、大きく頷いて、祖母と顔を見合わせて笑った。

「おばあちゃん、私ね、お姉ちゃんの居場所を奪ってしまったような気がしていたんだ。お父さんもお母さんも、お姉ちゃんのことは何も話してくれないでしょう？　私も訊いてはいけないことだと思っていたし、そこに触れないことで家族の仲が保たれていると勘違いしていた。本当はもっとお姉ちゃんのことを聞きたかったな」

「隠すつもりはなかったんだよ。お母さんがね、美鳥のことは心にしまっておこうって言ったんだ。美空は美空だもの。いつまでも私たちの心が美鳥にとらわれて、ふたりを比べてしまったらかわいそうだってね。だから、美空だけを見つめようって」

母の気持ちに胸が熱くなった。その熱が、瞳からあふれてこぼれそうになる。いつだって、家族は私をまっすぐに見ていてくれた。

「でも勘違いしないでね。みんな、美鳥のことを忘れようと思ったことは一度もない」

「うん、分かるよ。親はそんなに簡単に、子供を亡くした悲しみを忘れたりしない」

「美空は仕事のおかげで、大切なことをたくさん知ったね」

そう言うと、祖母は内緒だよ、と囁(ささや)いた。

「今もお父さんとお母さんは、美鳥の命日に必ずふたりでお墓参りに行っているんだよ」

なんとなく分かっていた。毎年、四月三日になると、「ふたりだけの花見だ」と連れ立って出かけていった。どんなにせがんでも私は祖母とお留守番だった。

お土産は決まって長命寺(ちょうめいじ)の桜餅だ。何枚もの桜の葉で大事そうに包まれたやわらかなお餅は、昔から大好物だった。当然仏壇にもお供えされ、この日だけは祖母の部屋が塩漬けの桜の葉の香りになっていた。

「ねえ、おばあちゃん。来年は私も連れていってもらいたいな。おばあちゃんも一緒に、みんなで行こうよ」

「そうだね。みんなで行けるといいねぇ」祖母は目を細めた。「美空ももう立派な大人だ。美鳥のことをちゃんと受け入れられているもんね」

祖母はふと視線を上げ、次にゆっくりと私を見つめる。

「むこうでおじいちゃんと美鳥が待っているかと思うと、何も怖いことなんてないね」

「ちょっと、おばあちゃん、そんな話はまだ先でしょう?」

私が頰を膨らませると、祖母は穏やかに笑った。

「もうこの歳になるとね、いつでもそういう気持ちでいないといけないんだよ。今度は空から美空を見守っているよ。ずっと、ずっと先のいつか、美空が来る日までね。そう思うと、ちょっとの間お別れするだけなんじゃないかと思えるんだ」

「そんなふうに考えると、さびしくない気がするね」

「そうだよ、私たちはいつだって一緒なんだよ。心の中でね」


それからひと月も経たないうちに祖母は亡くなった。

主治医に「いつでも覚悟をしておくように」と言われてからは、毎日夕方から病院に通って、面会時間の終わる八時まで祖母の隣にいることができた。漆原が通夜の同行を免除してくれたのだ。

病室を訪れた私は、祖母に色々な話をした。幼い頃の思い出話がほとんどだった。最後の数日間、祖母はもう応えることもなかったし、ちゃんと聞こえているのかも分からなかったが、それでも私は尽きることのない楽しい思い出を語り続けていた。

意識を失くす前夜、祖母は「春になったらタンポポの花が見たい」とポツリと言った。

あの事故の時、姉は川べりに咲くタンポポを見つけ、それを取ろうとして祖母の手を振りほどいて走ったようだった。

「美鳥は、太陽みたいに明るい花を、生まれてくる妹にあげようとしていたんだよ」

その言葉に涙があふれ、私は春が来るたびにタンポポを探そうと思った。

祖母は家族全員が見守る中で息を引き取った。

脈拍も呼吸も、指ではほとんど感じられないくらい頼りないものになっていて、つながれた機械のモニターだけがわずかにそれを示していた。私は祖母の薄く乾いた手をぎゅっと握りながら、数値化された祖母の命から目が離せなかった。ずっと目で追っていた画面上の波形が、完全に平坦（へいたん）になった時、私はようやく恐る恐る祖母の顔を見て、ほっと安堵（あんど）の息をついた。眠っている時と何も変わらない、穏やかな表情だったからだ。

行ってしまったんだなと思い、今までの祖母や姉のことが胸にあふれてきて、声を出して泣いた。その時、涙と一緒になって、ふっと私の中の〝何か〟が流れ出したように力が抜け、しゃがみこんだ。自分でも驚いて天井を見上げた。

（さようなら、美空）

姉の声が確かに聞こえた。姉も祖母と一緒に、今度こそ天国へと旅立ってしまったのだ。

そう思うと、なおいっそう涙は勢いを増し、横にいた母にすがり付いて泣いてしまった。

（さようなら、お姉ちゃん。おばあちゃんをよろしくお願いします）

こうして私は、姉と祖母、一度にふたりの大切な人を見送った。


葬儀は、もちろん坂東会館で行うことになった。

父の友人である坂東社長が、自ら担当を申し出た時は驚いたが、丁重にお断りして漆原にお願いした。両親が私の上司である漆原がいいと言い張ったからだ。

私の祖母というだけで、特殊な事情があるわけでもない。「なんで俺が」と言われることは覚悟していたが、打ち合わせのために我が家を訪れた漆原は、普段の仕事の時となんら変わらない、誠実さと労わりの心にあふれていた。

漆原は部屋に入ると、仏壇の前に敷かれた布団に横たわる祖母に手を合わせた。

突然の入院になってしまったため、私たちは一度家に帰してあげたいと思っていたのだ。

「おばあさん、いい顔をしているな」

両親が居間に戻り、ふたりだけになると漆原が口を開いた。いつもの口調がひどく懐かしく感じられ、また涙がこぼれた。

「身内を亡くしたんだ。我慢しないでいっぱい泣けばいいさ。ただし、今だけだぞ。仕事に復帰したら悲しくても泣くなよ」

私は泣きながら頷いた。

漆原は仏壇の姉の写真を眺め、それから祖母の顔に視線を落とす。優しい眼差しだった。

「お姉さん、おばあさんの所にいたのか？」

「はい」

「一緒に行ってしまったのか？」

言葉が出ずに頷いた。ボロボロと涙がこぼれる。

「お姉さんのおかげかな。こんなに穏やかなお顔はなかなかないぞ。かわいい孫たちと過ごせて、幸せだったんだろうな」

「漆原さん」

「なんだ」

漆原は持参した道具を並べて枕飾りの祭壇を整え、布団を直し、ドライアイスを置き、てきぱきと動いている。

「漆原さんに会えたのも姉のおかげだと思っています」

「まぁ、そうだろうな。世の中には、不思議な縁というものがある」

そうだ。就職に失敗し続けて、たどり着いた場所がここだ。

「姉はきっと、最後に祖母にどうやって気持ちを伝えて、安心して旅立たせようかとずっと考えていたのだと思うんです」

「お姉さんは君と違って、勉強熱心なんだな」

「漆原さんは相変わらずひどいなぁ」

泣きながら苦笑すると、漆原も手を止めて私を見た。

「君にはこうするほうが元気づけられると思ったからだ」

その言葉に、また笑ってしまった。漆原は霊感なんてなくても、私なんかよりもよっぽど人の気持ちを汲み取れる。

「姉は、私にも気づいてほしかったんだと思います。なかなか旅立てない人がいることを。そして、その人たちの気持ちをちゃんと分かってあげられる人がいるということも」

漆原はいつものように、ただ黙って私の話を聞いていた。

「私もこれからはもっと勉強します。漆原さんの式をたくさん見たいです。今までよりも頑張りますから、漆原さんのところにおいてください」

漆原は、何をこんな時に、というあきれた顔をした。

「言われなくてもずっとこき使ってやる。君はともかく、お姉さんには俺も世話になったからな」

「ひどい」

漆原は静かに笑った。

「君はそれでいい。明るさと鈍さが持ち味だからな。それに、君がいれば何かと便利だ」

漆原の言葉を繰り返してみる。それは、素のままの私を認めてくれているということだろうか？

いつの間にか涙が止まっていた。

「ご両親のところへ行くぞ。君の大切なおばあさんだ。完璧な式でお見送りしよう」

立ち上がった漆原が微笑んだ。私が好きな笑顔だった。

解説

吉田大助

あらゆる物語は、それに触れた人の、内なる死の衝動を食い止めるために存在するのではないだろうか。コロナ禍となり死が以前より身近に感じられるようになった世界で、どれほどの人々が小説や漫画を読み、映画やネットフリックスのドラマを観ることで、転がり落ちそうになる気持ちにストッパーをかけたことだろうかと思う。もちろん、近松門左衛門の『曾根崎心中（そねざきしんじゅう）』やゲーテの『若きウェルテルの悩み』など、自死をモチーフにしたことで、受け手の希死念慮を誘発してしまったとされる作品も存在する。しかし、結果的に不幸な事例を招いてしまったとしても、作り手自身は作品に一切そのような意図を込めてはいなかったはずだ。むしろ自死という選択の無意味さを示すことで、その選択を忌避する気持ちを呼び覚まそうとしたのではなかったか。

長月天音のデビュー作『ほどなく、お別れです』は、墨田区押上にそびえる電波塔にして観光施設・東京スカイツリーのすぐ近くにある葬儀場、坂東会館を舞台にした全三話＋αの連作集だ。死が題材となっているのだが、そこから逆照射された、生がテーマとなっている。

主人公は、スカイツリーの近くの住宅地で実家暮らしをしている大学四年生・清水美空。就職活動で連戦連敗中だった秋のある日、休職中だったアルバイト先の坂東会館から人手不足という連絡を受け、ホールスタッフの仕事への復帰を決める。〈心の許せる相手に必要とされることが、今の私には何よりも嬉しい。半年ぶりの仕事がたとえどんなに忙しいものになろうとも、自分の居場所があるだけで救われる気がした〉。清々しく、心地いい小説になりそうな予感を掻き立てる一文だ。

地上四階、地下一階の五フロアからなる坂東会館に久しぶりに顔を出すと、黒いスーツ姿の若い男性が忙しく働いていた。仲が良い職場の先輩・陽子さんから、彼は漆原という名の葬祭ディレクターであると知らされる。その日、漆原が担当していたのは、焼身自殺した男性の式だった。元社員であり現在はフリーで業務委託を受けている漆原は、事件や事故絡みの遺体を「専門」とする葬祭ディレクターだった。

四階の式の手伝いに回された美空は、漆原と、式に立ち会った僧侶の里見と短い会話を交わす。その会話の中に、この物語の本質が顔を出している。里見は言う。「語ってあげるのも供養だと、さっきまでお身内から聞かせてもらっていたんだよ。聞いてもらうと楽になることってあるでしょう？　そうやって悲しみを癒やす手伝いをするのも、僕の役割だと思っているからね」。美空が「亡くなった方というよりも、お身内のための式みたいですね」と言葉を繋ぐと、漆原が応えた。「そうだ。たとえ身内でも、亡くなった方にはもう何もしてあげられない。こうやって、後悔の念を少しでも昇華させるしかない。葬儀とはそういう場でもある」

葬儀とは、死者のために行われるものであると同時に、生者のためのものである。生前にもっとしてあげられたことがなかったかという後悔――過去の自分に対する怒りを晴らし、死者となったその人と別れたことよりも出会えたことに意識を向けることで、前を向き、明日へと一歩踏み出すきっかけを作るのだ。のちに漆原は、自分がなすべき仕事についてこんなふうに表現している。「形だけの葬儀ではなく、死者にとっても遺族にとってもきちんと区切りとなる式をするのが俺の仕事だ」

実は、美空には秘密があった。ある種の「気」をキャッチし死者と語り合うことができる、一般的に霊感と言われる能力の持ち主なのだ。美空以上の霊感を擁する僧侶の里見は、そのことを初対面で見抜き、仕事のサポート役として抜擢するよう漆原に進言する。

漆原は、遺体にまつわる複雑な事情を見抜く観察力と、優れた現場対応力の持ち主だ。しかし、現実的な実務能力だけではままならない事態が現れることもある。そんな時、美空の特殊な能力によって得た死者にまつわる情報を合わせることで、適切な「区切り」を作り出すことができるようになる。また、生者にとっての「区切り」は漆原が担当し、死者にとっての「区切り」は美空が担当することで、生者と死者、両者を納得させる儀式が可能となるのだ。

そのプロセスに、ミステリーの要素が入り込んでくる。「第一話　見送りの場所」における、不慮の転落事故で亡くなった妊婦の葬儀で起きた現象の不思議。「第二話　降誕祭のプレゼント」と「第三話　紫陽花の季節」では、若くして突然の死を迎えることとなった方の遺体が謎を連れてくる。また、美空には、彼女が生まれる前日に急逝した姉がいる。「お姉ちゃんがいつもそばで見守っていてくれている」という祖母の言葉どおり、美空自身も姉の存在を感じている。だとしたら——なぜ死者の姉は美空に付いてているのか？　それぞれの謎が解かれ、不思議の種が明かされた瞬間、「区切り」が生まれる。時に水と油に喩(たと)えられることもあるミステリーと人間ドラマが、本作においては見事に融合している。

　考えてみれば、あらゆる面で奇跡的なバランスなのだ。例えば全三話＋αの物語は、周囲から「大往生だった」と柔らかな表情で送り出されるような、高齢者の寿命死は扱っていない。死者にとっても生者にとっても「無念の死」ばかりが描かれている。そうした無念と向き合う生者と死者の語らいの場面は全て感動的だが、ともすれば物語全体が沈鬱なムードに覆われかねない。しかし、坂東会館に勤める陽子さんや椎名さん、美空の父母や祖母……といった周囲の人々との温かな繋がりや、葬儀場の知れざる裏側を覗き見るようなリアリティたっぷりの仕事描写が、物語全体の体温を高めることに成功している。

　それればかりか、本作には類稀（たぐいまれ）なる生命力──物語に触れた者の内なる死の衝動を食い止め、生へと向かわせる力──が脈打っている。ここで描かれているのは、「無念の死」である。「無念の死」が、生者にもたらし得る可能性とは何だろうか？　それは、死者の「後を追う」という選択だ。その最悪の選択肢を選ばせないため、選択肢の存在自体を視野の外へと排除するために、より強固な「区切り」を示す必要がある。そのために漆原は、美空は、奔走しているのではないだろうか。そして、懸命に言葉を紡いでいるのではないか。その言葉は、ウソでもいいのだ。当事者たちにとっての「心のよりどころ」になるならば、それでいい。

ここで、著者の言葉を引用したい。本作は、第一九回（二〇一八年度）小学館文庫小説賞受賞作だ。エンターテインメントの公募新人賞として第二〇回まで続いた同賞は、『神様のカルテ』の夏川草介を輩出したことで知られる。著者は夏川の小説に感銘を受け、同賞に応募することを決めたのだという。単行本刊行時、著者は夏川と対談し、感謝の意を直接伝えるとともに本作の執筆秘話を語っている。

「私が『ほどなく、お別れです』を書いたきっかけは、三年前（二〇一六年）に主人を看取ったことでした。亡くなった主人に対して、生前にこんなことを言ってあげればよかった、彼からの問いかけにこう答えればよかったという思いが強く残っていました。でも、主人とはもう、そういうやり取りが一切できません。後悔を少しでも薄めるために、大学時代にアルバイト経験があった葬儀場を舞台に、死を題材にした小説を書いてみようと思ったんです」

「漆原のセリフは、主人の看病をしながら生と死について、ずっと考え続けてきたことが如実に反映されています。私自身、誰かに言ってもらいたい言葉だったと思います。（中略）小説を書いたことはある意味、私にとってグリーフケア（引用者注・身近な人を亡くし悲嘆に暮れる人に寄り添い、立ち直るまでの道のりをサポートする遺族ケア）だったのかもしれません。大切な人を亡くした時に、遺された人はどうやって先に進んでいけばいいか。〝こういうふうに考えればいいんじゃないか〟と、小説を書くことで探っていったんです」

そのようにして言葉を磨き上げ、完成させた小説が、賞を取り、刊行された単行本は新人のデビュー作として異例のスマッシュヒットを遂げた。この物語に触れた人々が、「心のよりどころ」を手に入れた証（あかし）ではないかと思う。

既に読んだという方はご存知の通り、本作の結末部で、美空はある決定的な欠落を背負うことになる。しかし、物語は続いている。一話ごとに謎や不思議を背負った葬儀が描かれる形式は保持されたまま、第二作『ほどなく、お別れです　それぞれの灯火』（二〇二〇年）では、美空が葬祭ディレクターとして独り立ちしていくための、端緒となる出来事が現れる。第三作『ほどなく、お別れです　思い出の箱』（二〇二二年）では、癖の強い新キャラクターの登場により、おもてなしと慈愛に満ちた坂東会館の経営理念を揺さぶる事態が勃発する。一作目からは予想もしなかった展開の数々に、シリーズはこんなふうに続けることもできるのか、と驚かされるはずだ。

一方で、著者は自身が長きにわたって携わってきた、飲食店業界を舞台にした小説も定期的に発表している。都内で飲食店を経営する会社に就職したヒロインの新米社会人ストーリー『明日の私の見つけ方』（二〇二一年、ハルキ文庫）、ベテラン店員の目線からコロナ禍のレストランの苦闘を綴った『ただいま、お酒は出せません！』（二〇二二年、集英社文庫）だ。二作に共通する「働くことと人生」というテーマは、業種こそまったく違うものの、『ほどなく、お別れです』シリーズと通底している。働くという行為の中には、他者と繋がっていく喜びがある、と教えてくれているのだ。ここにもまた、生命力――物語に触れた者の内なる死の衝動を食い止め、生へと向かわせる力――が熱く脈打っている。

このシリーズの行く末、著者が生み出す作品群を、これからも追いかけずにはいられない。魅力的な物語作家は、不安と混迷の時代を生きる人々にとって、必要にして至急の存在なのだ。

（よしだ・だいすけ／ライター）

※この作品はフィクションであり、登場する人物・団体・事件等は、すべて架空のものです。

本書のプロフィール

本書は二〇一八年十二月に小学館より単行本として刊行された作品を加筆改稿し文庫化したものです。

小学館文庫

ほどなく、お別(わか)れです

著者　長月天音(ながつきあまね)

二〇二二年七月十一日　初版第一刷発行
二〇二四年六月三十日　第十刷発行

発行人　庄野　樹
発行所　株式会社 小学館
〒一〇一-八〇〇一
東京都千代田区一ツ橋二-三-一
電話　編集〇三-三二三〇-五九五九
販売〇三-五二八一-三五五五
印刷所――図書印刷株式会社

この文庫の詳しい内容はインターネットで24時間ご覧になれます。
小学館公式ホームページ　https://www.shogakukan.co.jp

ISBN978-4-09-407163-4